Barbara Wegmann

Barbara! Der Senf ist alle!

Bibliografische Information der Deutschen National-bibliothek: Die Deutsche Nationalbibliothek verzeichnet diese Publikation in der Deutschen Nationalbibliografie; detaillierte bibliografische Daten sind im Internet über http://dnb.dnb.de abrufbar.

Unter Mitarbeit von: Katharina Frier-Obad
Satz und Layout: Barbara Wegmann
Cover: ondesign, Olav Jünke, Thomas Waibel
Fotos: © Valentyn Volkov, Shutterstock

Herstellung und Verlag: BoD – Books on Demand, Norderstedt

ISBN: 978-3-7528-1679-2

Inhalt

Prolog - Der Tag, an dem der Senf alle war   7

1. Tube - Chinesisches Hinterland oder…   12

2. Tube - Deckel ab   19

3. Tube - Ich packe meinen Koffer   25

4. Tube - Was soll's   32

5. Tube - Skyfall   37

6. Tube - Eigentlich   43

7. Tube - Polizei oder Bergpredigt   47

8. Tube - Heute im Fernsehprogramm: Seelenmüll   54

9. Tube - Extrascharf   58

10. Tube - Selbstversuch   63

11. Tube - Die neue Vomex   68

12. Tube - Mach, was du willst!   73

13. Tube - Alle Jahre wieder   77

14. Tube - Schluss mit Billy   83

15. Tube - Mitleids-Crisis   89

16. Tube - Ode an Ulla und alle Hidden Champ…   94

17. Tube - Liebe im Augenblick   99

18. Tube - Schmetterlinge im Bauch   103

Danksagungen   107

Prolog
Der Tag, an dem der Senf alle war

Ein stinknormales Wochenende. Freistehendes Einfamilienhaus. Mutter, Vater, Kind, Kind, Kühlschrank. Wir wurschteln alle so herum. Und dann kommt der Satz. Der Satz, der mich zum Verzweifeln, zum innerlichen Explodieren bringt. Die Wucht der Erkenntnis katapultiert mich unmittelbar zum Mond, von dem ich nun auf die Erde und auf mich selbst hinunterblicke und meine Stimme zu mir sagt: „Wo bist du gelandet? So hast du dir dein Leben nicht vorgestellt, Barbara."

Mein Mann öffnet den Kühlschrank. Ich höre ihn sprechen. Die Luft vibriert schon, noch bevor das erste Wort mein Ohr erreicht.

„Barbara!"

Ich zucke zusammen. Was ist passiert? Mein Nacken ist sofort angespannt. Schrecksekunde. Ich halte die Luft an. Um Gottes Willen, was ist geschehen? Das sind die Reaktionen, die von uralten Instinkten aus der Zeit übrig geblieben sind, als wir noch Angst haben mussten, dass uns ein wildes Tier überrascht. Der Körper reagiert blitzschnell, um nicht gefressen zu werden.

„Barbara!!" Kurze Pause.

Es ist unfassbar, wie viele Gedanken wir in einer Sekunde haben können. Vierzigtausend Reize verarbeitet unser Hirn pro Sekunde! Was habe ich falsch gemacht? Läuft die Kühlflüssigkeit aus? Ist eine Leiche im Kühlschrank? Ein Kind in Not? Wenn früher ein Polizeiwagen hinter mir auftauchte, war auch sofort mein erster Gedanke: Was habe ich verbrochen? Zu schnell? Rote Ampel überfahren? Gar noch Schlimmeres – habe ich jemanden überfahren, ohne es zu merken?

Der Puls ist fühlbar hochgeschnellt. Mein Kopf pocht. „Sag schon!!!", schreit es in mir. Und er vollendet mit …

„Der Senf ist alle!"

Hä?

Der Weg vom Ohr zum Hirn kann ziemlich lang sein. In diesem Moment ist er extrem lang. Ich versuche den Zusammenhang zu erfassen zwischen dem Mann, dem Kühlschrank und dem mit einem Magneten am Kühlschrank befestigten Einkaufszettel.

Ich gehe bei uns in der Familie einkaufen. Ich gehe nicht nur einkaufen und schleppe den Einkauf ins Haus, ich mache auch sonst alles. Ich kümmere mich darum, dass das Haus in Ordnung ist. Ich kümmere mich um die Hausaufgaben. Ich bezahle alle Rechnungen, kümmere mich um die Finanzen. Ich mache die Steuererklärung. Ich besorge die Geschenke für seine Nichten. Ich male mit den Kindern Bilder für seine Eltern. Ich mähe den Rasen, obwohl er auf dem Handrasenmäher bestanden hat, damit er gleich ein Fitnesstraining hat. Einmal (einmal!) hat er den Rasen gemäht. Ich zupfe das Unkraut vom Kiesweg. Selbst die letzte seiner Aufgaben habe ich übernommen – die Mülltonnen rausstellen! Ich räume alles auf. Ich bringe das Altglas und das Altpapier weg. Arbeitsteilung – was ist das? Und ins Büro gehe ich nebenbei auch noch.

Ich habe nie etwas gesagt. Streits habe ich vermieden. Ich hatte sie mir abgewöhnt. Er hat mich ja sowieso nie verstanden. Rhetorisch war er eh besser. Damit verdient er ja sogar sein Geld. Aber jetzt reicht's! Nein! Nicht noch seine Sekretärin. Das werde ich nicht. Ganz bestimmt nicht.

Sein Vater kam mittags früher immer zum Essen und für ein Nickerchen nach Hause. Die Mutter hatte fein gekocht und auf der weißen Tischdecke serviert. Vati hat sich dann ein halbes Stündchen auf die Couch gelegt. Alle mussten leise sein. Dann ist er wieder bis um 17 Uhr arbeiten gegangen. Danach das gleiche Spiel. Am nächsten Morgen ist sie vor ihm aufgestanden, um das Frühstück zu bereiten. Drei kleine Kinder. Kein Auto. Keine Pause.

Ich höre mich nur schreien: „Dann schreib es auf! Ich werde ganz bestimmt nicht noch deine Sekretärin oder dein Diktiergerät! Da hängt der Zettel!"

Seither sind vier Jahre vergangen. Ich habe mich für einen neuen Weg entschieden! Gegen das Sekretärinnendasein. Seine Sekretärin wohnt inzwischen bei ihm, weil sie so hilfsbereit ist. Ich habe einiges hinter mir und noch vieles vor mir. Und es ist großartig! Willkommen im echten Leben. Willkommen in echten Gefühlen. Ich bin meinem Ex-Mann dankbar. Sehr dankbar, und das meine ich genau so – ohne jegliche Ironie. Ich bin aufgewacht, und das ist gut so. Maschinen haben keine Gefühle. Seither ist Veränderung angesagt. Endlich ist mein Leben wieder spannend.

Kein Stein bleibt auf dem anderen. Das Ziel ist klar.

Eines meiner schönsten Erlebnisse war, als ich mit acht Jahren auf einer Blumenwiese einen Wiesenblumenstrauß gepflückt habe. Es waren tausende von unterschiedlichen Blumen. Gänseblümchen, Butterblumen, Schafgarbe, Glockenblumen, rote, gelbe, violette, weiße, blaue … Immer wieder habe ich neue entdeckt. Eine war schöner als die andere. So unfassbar schön! So schön soll mein Leben wieder sein – genau so schön. Jeden Tag. Jede Minute.

Das bin ich: Barbara, 46 Jahre alt, zwei Kinder, geschieden.

August 1995

Mein Mann und ich lernten uns im Urlaub in Südafrika beim Wandern kennen. Es war Liebe auf den ersten Blick: Nach einem halben Jahr zogen wir zusammen und wohnten im bayerischen Voralpenland. Es war wie im Bilderbuch.

Juli 1997

Wir heirateten und feierten in einer urigen Almhütte. Beruflich machten wir beide Karriere.

April 2000

Wir zogen nach Norddeutschland, wo unser erstes Kind auf die Welt kam. Er wurde befördert, ich setzte ein Jahr aus, arbeitete bald wieder halbtags.

Juni 2001

Wir kauften ein Haus und zogen in eine bürgerliche Umgebung. Unser zweites Kind wurde geboren.

Irgendwo unterwegs ging die Liebe verloren.

1. Tube

Chinesisches Hinterland oder Robinson Club?

Gestern war ich bei *König*. Das ist der kleine Laden in meinem Wohngebiet.

Bei uns in der Siedlung gibt's Rotklinker-Häuser, Gelbklinker-Häuser und moderne Häuser. Die modernen Häuser haben dreieckige taubenblau gestrichene Fenster und im Wohnzimmer einen Erker. Der Erker ist konstruiert auf Basis eines Achtecks. Die Haustür hat einen modernen geometrischen Glaseinsatz und eine matte Edelstahlstange als Handgriff. Im Reihenhausgebiet stehen mindestens 60 exakt gleiche Häuser, die sich nur unterscheiden durch die Haustür – anderer geometrischer Glaseinsatz –, das Gartenhäuschen – modern mit Tonnendach oder im Schwarzwaldstil – und die Gestaltung des zehn Quadratmeter großen Vorgartens. Es ist einfach unfassbar, welche Variationsmöglichkeiten es auf zehn Quadratmetern geben kann. Ich glaube, dass es sogar noch mehr gibt als Kombinationen beim Samstagslotto, was ja immerhin schon über 14 Millionen sind – die Zusatzzahl nicht eingerechnet. In dem Krötenkamp, so heißt das Gebiet, gibt es sogar eine Landebahn. Ein Eigentümer hat seine vier Meter lange Auffahrt zum Carport mit im Stein versenkten quadratischen Halogenstrahlern an den Seiten markiert. Blaue Leuchten schalten sich automatisch per

Bewegungsmelder an, wenn jemand am Haus vorbeiläuft oder der Ford Mondeo sich der Auffahrt nähert. „Tower an Küche. Familienvater im Anflug. Graubrot, Käse, Wienerwürstchen und Senf bereithalten."

Aber zurück zu *König*. Ein total süßer Laden. Hier gibt es Zeitschriften, einen Lottoannahmetresen, Schreibwaren, alles mögliche Allerlei und vor allem Süßigkeiten. Große Behälter sind gekennzeichnet mit 5 Cent oder 10 Cent. Vorne dran klemmt eine Metallzange, daneben hängen dreieckige Papiertütchen zum Abreißen. Als sie noch kleiner waren, bekamen unsere Kinder je 30 Cent und durften damit bei *König* einkaufen gehen. Sie rissen ein Papiertütchen vom Baumwollfädchen ab und sammelten sich ihre Schätze ein. Mit der gefüllten Tüte gingen sie zu Herrn oder Frau König, die dann mit großer Freude „Naschi-Rechnen" mit den Kindern machten. Als ich nun gestern bei *König* war, um meinen Acht-Wochen-Lottoschein kontrollieren zu lassen – leider noch kein Gewinn – kamen wir ins Gespräch über Beziehungen und Ehen in der heutigen Zeit. „Die jungen Leute heutzutage trennen sich doch sofort, wenn's mal schwierig wird", so Ehepaar König. Kurz vorm Explodieren war ich. Ihr habt doch keine Ahnung. Was hätte ich denn noch alles machen und akzeptieren sollen! Vier Jahre ist das jetzt schon her. Vier Jahre, und offensichtlich ist in mir drin immer noch ein Rest von schlechtem Gewissen, dass ich mich nicht genug angestrengt habe. Ich kriegte gerade noch die Kurve und riss mich zusammen. Jede

13

Situation ist doch individuell. Also fragte ich nach ihren drei wichtigsten Tipps für eine glückliche Ehe. Irgendetwas müssen sie ja richtig gemacht haben, denn Herr und Frau König stehen jeden Tag gemeinsam in ihrem Laden. Von 8.00 bis 13.30 und 15.00 bis 18.00 Uhr. Samstags bis 12 Uhr. Jeden Tag – seit mindestens 20 Jahren! Immer freundlich und immer für einen amüsanten Schnack zu haben.

Sie schauten sich an. Drei Tipps?

Sie waren sich sofort einig: Miteinander reden, zuhören und dann Dinge verändern!

So einfach ist das also, reden, zuhören und Dinge verändern. „Das sagen Sie so einfach", höre ich mich erwidern. Mit großen Augen guckt mich Herr König an. „Wieso? Das ist doch selbstverständlich!" Scheiße, da haben wir also beide, mein Ex-Mann und ich, studiert – ich BWL mit Schwerpunkt Marketing („Wie erreiche ich den Kunden am besten?") und er Kommunikationswissenschaften. Und schon am ersten der König-Tipps sind wir gescheitert. Von den anderen beiden erst gar nicht zu sprechen.

Ich weiß noch. Ich habe einfach aufgehört – aufgehört zu reden. Stell dir vor, du bist im tiefsten China. Also erst fliegst du 20 Stunden nach Peking. Dann zwei Stunden nach Chongqing. Und dann fährst du nochmal drei Stunden mit einem Geländewagen durch Schlammpfützen ins Hinterland nach

14

Fenghuang. Da erwartest du ja auch nicht, dass jemand sagt: „Hallo, schön, dass ihr hergefunden habt. Herzlich willkommen in unserem Dorf." So war das ungefähr bei uns, über Jahre hinweg. Nur mit dem Unterschied, dass die Chinesen immer lächeln und dass man dann auf andere Art kommuniziert, mit Händen und Füßen halt. Man will ja schließlich was, wenn man schon ins chinesische Hinterland gefahren ist. Nur: Mein Ex-Mann und ich sind dort nicht hingefahren. Wir waren auf einmal dort und wollten eigentlich in den Robinson Club Daidalos in Griechenland. Da muss man nicht viel reden. Das Buffet ist immer da und immer voll. Abends und tagsüber wird entertaint. Und außerdem ist jeder Tag genau gleich. Garantiert keine Überraschungen – außer die Tischnachbarn. Und selbst da braucht man sich nicht umzustellen: „Woher kommt ihr denn … Wie lange seid ihr da …" Miteinander reden kein Problem. Zuhören nicht relevant. Und verändern auch nicht notwendig. Jeder Robinson Club ist fast gleich, das ist ja das Schöne. Zwei Wochen sind sofort um. Schlafen, essen, schlafen, essen, schlafen, essen.

Und plötzlich fanden wir uns im chinesischen Hinterland wieder. Mir war klar, das klappt jetzt so nicht mehr. Wir steckten mitten im hüfttiefen stinkenden Schlamm der Nicht-Kommunikation.

Ich sagte nur: „Jetzt reicht's. Wir brauchen einen Übersetzer!" – „Willst du jetzt jedes kleine Problem von einem Dritten lösen lassen?", kam mir entgegengeschleudert. So unterschiedlich kann Wahrnehmung sein. Der eine beziehungsweise die eine steckt im Schlamm, jetzt sogar bis zum Hals – und der andere liegt immer noch mit einem Drink mit Schirmchen und Strohhalm auf der Liege am Pool und sagt: „Du spinnst! Wo ist der nächste Mai Thai?" ... Und ich überlege zu diesem Zeitpunkt immer noch, ob ich das Ganze vielleicht doch zu eng sehe.

Was muss denn noch alles passieren, dass ich es nun endlich verstehe? Und selbst wenn ich mich noch bewegen könnte: Möchte ich immer weiter im Club Robinson liegen mit Schwarz-Weiß-Mottoabend und Bauch-Beine-Po mit Jenny? Oder wollen wir nicht mal den Rest der Welt erleben? Ja, auch in Schlammpfützen steckenbleiben und dann gemeinsam die Kiste rausholen. Neue Menschen erleben. Wieder was spüren.

Ich war an dem ersten wirklich entscheidenden Punkt in meinem Leben. Nicht die Frage Medizin oder BWL studieren. In München oder in Mannheim – Babykram. Genau hier zwischen chinesischer, meuchelnder Schlammpfütze und Sonnenliege. Hier entscheidet sich jetzt deine Zukunft. Vertraue ich jetzt mir selbst oder glaube ich jemand anderem mehr und entscheide mich wieder einmal gegen mich? Verdammt, es stimmt etwas nicht. Und das nicht erst seit eben.

Unfassbar. Wieso habe ich das nicht gemerkt? Scheiß auf die ganzen Ratgeber und Sprüche. Liebe kann alles richten. Käse. Hab ich doch gemacht. Oder habe ich da vielleicht doch etwas missverstanden? Bewegungslos im Schlamm steckend?

Den Luxus, mich entscheiden zu können, hatte ich nun nicht mehr. „Moderator oder es ist aus!" Endlich sah ich klar. Das ist das Gute am tiefen Schlamm: Du weißt genau, was du nicht willst, nämlich noch weiter einsinken. Neeeiiin. Das will ich nicht! Warum musste es erst so weit kommen? Egal!

Reden, zuhören und verändern. Und wenn das zu zweit nicht klappt? Dann höre auf die eigene innere Stimme, die immer mit dir redet, und verändere, was für dich gut ist. Danke liebe Königs!

Eine Woche später hatten wir den ersten Termin.

April 2008

Wir suchten gemeinsam im Internet eine Paartherapeutin. Eine Sitzung. Er brach ab. Er zog ins Gästezimmer.

Mai 2008

Ich führte unendliche Gespräche mit meinen besten Freundinnen. Unsere Krise sprach sich im Familien- und Freundeskreis herum. Die meisten bekamen selbst Angst. Alle hielten uns für eine Vorzeigefamilie.

30. Mai 2008

Wir suchten den nächsten Paartherapeuten auf. Vier gemeinsame Sitzungen und drei Einzelgespräche sollten unsere Ehe retten. Gerettet wurde am Ende nur eins: ich.

2. Tube

Deckel ab

Was passiert, wenn du auf eine Senftube drückst und sie ist zugeschraubt? Gar nichts. Du knetest die Tube und sie verformt sich. Aber Senf kommt erst einmal nicht heraus. So war das ungefähr bei unserem Vorhaben, die Ehe mit einem Eheberater zu retten. Ich glaube, ich habe das Ganze vor allem deswegen angefangen, damit ich mir später nicht vorwerfen kann, ich hätte es nicht versucht. Aus heutiger Sicht waren die Besuche bei den Eheberatern – es wurden mehrere – ein hervorragendes Training. Damals habe ich das allerdings überhaupt nicht so gesehen.

Beim ersten Termin bei einer Paartherapeutin steckte ich gleich zu Beginn mein Terrain klar ab: „Ich möchte meine Gefühle äußern dürfen und nicht über deren Richtigkeit diskutieren!"

„Warum sprechen wir denn überhaupt über schlechte Gefühle? Wenn etwas zu retten ist, dann sollten wir uns mehr aufs Positive konzentrieren", erwiderte mein damaliger Mann. Ich war empört: „Wir müssen doch auch mal über die negativen Dinge sprechen können. Wir müssen an der Beziehung arbeiten. Ich will nichts mehr beschönigen!"

Herrje. Die Hälfte der Sitzung verbrachten wir mit dieser Diskussion. Frau regt sich auf und kämpft um die Ehe. Mann gibt sich entspannt und weiß gar nicht so recht, warum Frau sich so aufregt. Es könnte doch so einfach sein. Und im Nachhinein muss ich sagen: Ja, stimmt! Ich war überzeugt davon, dass man an einer Beziehung arbeiten müsste. Und arbeiten bedeutete, dass es hart und anstrengend sein musste, damit es gelingt.

So ein Blödsinn, denke ich heute. Er hatte doch recht! Eine glückliche Beziehung lebt doch von den schönen Erlebnissen und Gefühlen und nicht von der harten Arbeit. Wenn sich Mann und Frau jeden Tag gegenseitig guttun und sich jeden Tag wieder ineinander verlieben, dann kann das doch nur klappen. Hätte ich das doch damals nur so sehen können! Ich hätte viel früher das Gefühl zulassen können, dass etwas nicht stimmt und dass ich mich nicht wahrgenommen und geliebt fühlte. Dann hätte ich diese Sitzung ganz friedlich verlassen können mit der vollen Erkenntnis, dass mich dieser Weg nicht weiterbringt.

Ich war kürzlich im Kinofilm *Schlussmacher*. Mathias Schweighöfer spielt darin einen Schlussmacher, der im Auftrag seiner Kunden deren Beziehungen beendet. Selbst hat der Schlussmacher eine total süße Freundin. Nur merkt er leider nicht, wie er sie ständig verletzt. Sehr liebevoll weist sie ihn darauf hin, was er jedoch überhaupt nicht wahrnimmt. Sie erkennt, dass die Beziehung nicht das ist, was sie sich wünscht und trennt sich ganz in Frieden. Sie versucht nicht, um seine

Aufmerksamkeit zu kämpfen. Er will sie nicht und sie erkennt das. So einfach kann es sein.

Ich dachte damals noch, dass Kampf der richtige Weg sei und fuhr im Beratungstermin damit fort, sogar die Eheberaterin unter Druck zu setzen. Ich verlangte ihre Zustimmung zu meiner Sichtweise, dass er entscheidende Fehler gemacht habe. Ich wollte darüber gar nicht diskutieren – sondern die Bestätigung einer diplomierten Psychologin, dass ich recht hatte! Und das gelang mir schließlich. Ich freute mich, war zufrieden und mein Ex-Mann lehnte jeden weiteren Besuch bei dieser Beraterin ab. Toll.

Auf der Rückfahrt stritten wir heftig weiter. Ich saß am Steuer und schrie: „Ich will nicht mehr so weitermachen!" Gleichzeitig drückte ich das Gaspedal nach unten. Ich liebe es, Gas zu geben. Er schrie: „Stopp!" und zog die Handbremse.

Ist das nicht symbolisch – ich drückte auf die Tube und er hielt den Deckel drauf. Wie beim Wiener Walzer kreiselten wir so über die nasse, glatte Fahrbahn. Drei- bis viermal drehten wir uns, bis wir schließlich unbeschadet zum Stehen kamen. Zum großen Glück hatten wir keinen Gegenverkehr.

Davon immer noch nicht genug, suchten wir den nächsten Paartherapeuten, Herrn Wagner, auf. Herr Wagner ließ jeden von uns seine Sichtweise von einem aktuell schiefgelaufenen Ereignis berichten.

Es war erstaunlich. Herr Wagner kommentierte unsere Beschreibungen so: „Man könnte glauben, dass Sie gar nicht vom selben Erlebnis sprechen. Sie erzählen zwei komplett unterschiedliche Geschichten."

Herr Wagner hatte es auf den Punkt gebracht. Die Wahrnehmung meines Ex-Mannes hatte gar nichts mit meiner zu tun. Kein Wunder, dass es mit uns nicht klappen konnte. Ein Urlaub im Robinson Club hat schließlich nicht das Geringste mit einem Urlaub im chinesischen Hinterland gemein. Wir lebten fröhlich – ich weniger fröhlich – jeder in seiner eigenen Welt. Der eine sprach chinesisch und der andere griechisch, und wir wussten kaum etwas über die Welt des anderen. Rechthaben war der hoffnungslose und total unnötige Versuch, den anderen von der eigenen Sichtweise zu überzeugen.

Herr Wagner war hervorragend. Das wurde mir bewusst, als er mir eine Frage stellte, die mich zum Umdenken brachte. Erst im Nachhinein wurde mir klar, welches Geschenk er mir mit dieser kurzen Frage machte.

„Kann es sein, dass Sie, Frau Moutarde, Ihre Fröhlichkeit an Ihren Ehemann delegiert haben?" Volltreffer.

„Was? Ich soll selbst entschieden haben, dass ich nicht mehr fröhlich sein möchte? So ein Senf. Das kann doch nicht …", widersprach es in mir.

Es kann sein – und es war genau so. Ist es nicht toll, was eine gute Frage von außen bewirken kann? Sie bringt alles durcheinander und wieder in Bewegung.

Heilsamer Widerstand regte sich in mir. „Ich will wieder fröhlich sein!" Leider regte sich auf der anderen Seite nicht viel. Meine weiteren Bemühungen, in alter Manier auf der Tube herumzudrücken, beendete Herr Wagner mit dem Satz: „Frau Moutarde, Sie können nichts mehr tun."

Er bot außerdem an, den Deckel von der Tube zu schrauben und fragte: „Herr Moutarde – welche Unterstützung brauchen Sie von mir?" Keine Antwort ist auch eine Antwort. So beendeten wir unsere Sitzungen.

Damit endeten nicht nur die Besuche beim Eheberater, ich traf auch eine Entscheidung für mich. Wir beendeten unsere Beziehung endgültig. Er zog aus.

Und ich? Ich krempelte mein Leben von Grund auf um. Das erste Ziel hatte ich klar vor Augen: Ich wollte wieder fröhlich sein. Deckel ab und lachen! Ein großer Schritt in diese Richtung war getan.

12. August 2008

Nach vielen Monaten der Unklarheit traf ich eine endgültige Entscheidung.

13. August 2008

Wir sagten den Kindern, dass wir uns trennen würden.

16. August 2008

Ich war am Ende. Ich konnte nicht einfach weiterfunktionieren. Ich hatte das Bedürfnis nach einer totalen Veränderung und trat eine Reise ins Unbekannte an – allein.

3. Tube

Ich packe meinen Koffer

Manche Frauen drehen durch, wenn das Kartenhaus, das sich Ehe nannte, auf einmal in sich zusammenklappt wie das World Trade Center am elften September. Sie öffnen das Fenster, nehmen seine Sachen und schmeißen einfach alles raus. Zack, weg! Andere Frauen werden ganz ruhig – extrem ruhig. Das absolute Notfallprogramm schaltet sich ein. Wie in Filmen, in denen der Präsident der Vereinigten Staaten eine schwere Entscheidung zu treffen hat. Drückt er den roten Knopf, ja oder nein? Die Augen der anderen sind auf ihn gerichtet. Er zieht sich zurück, um in sich zu hören und ganz alleine, ohne Druck von außen eine Entscheidung zu treffen.

Ich gehöre zur zweiten Sorte. Innerhalb von 72 Stunden packe ich meinen Koffer. Meine Eltern kümmern sich um die Kinder. Ich nehme den Flieger Hamburg – München und den Zug nach Prien am Chiemsee. Ich betrete einen Dampfer namens MS Barbara und bin in einer anderen Welt. Japaner, Italiener und Amerikaner sitzen um mich herum und essen warme Würstchen mit Senf und Brötchen. Der See liegt ruhig da. Es ist frisch an diesem Sommertag, die Luft ist klar. Ich habe keine Ahnung, was auf mich zukommt.

Ganz intuitiv hatte ich gehandelt. Ich war nicht durchgedreht. Stattdessen hatte eine ganz ruhige Stimme in mir gesagt: „Barbara, du musst raus – sofort. Alles abschalten. Alle Leitungen kappen. Ruhe. Absolute Ruhe brauchst du jetzt." Telefonisch hatte ich mich erkundigt, ob ich sofort kommen könne, weil ich dringend eine Auszeit bräuchte. Ja, hatte sie gesagt. Es sei genau noch ein Zimmer frei.

Auf der Insel angekommen, melde ich mich an der Pforte und werde durch das große schmiedeeiserne Tor eingelassen. Ich stehe in einem liebevoll gestalteten Innenhof. Stockrosen blühen und pinke Clematis ranken an der Klostermauer. Von hinten sehe ich, wie sich eine kleine, schwarz gekleidete Gestalt nähert. Geruhsamen Schrittes und mit strahlendem Gesicht kommt Schwester Klara auf mich zu und begrüßt mich: „Grüß Gott. Sie sind sicher Frau Moutarde. Herzlich willkommen bei uns im Kloster."

Sie zeigt mir mein Zimmer im Gästehaus. Alles ist sehr einfach. Einzelbett, Tisch, Stuhl – wie bei Oma. Ich schaue aus dem Fenster und habe einen gigantischen Blick über den See auf die schneebedeckten Alpen. Ich öffne es und atme tief durch. Schon oft hatte ich mich gefragt, wie es wohl in einem Kloster zugeht, mich jedoch nie getraut dort einzukehren. Jetzt ist die Zeit reif dafür. Ich will allein sein, aber nicht einsam. Auch wenn ich spüre, hier richtig zu sein, habe ich dennoch etwas Angst. Noch nie war ich allein im Urlaub und dann gleich in einer total ungewohnten Umgebung.

Ach, die werden mir schon nichts tun, beschließe ich, die kennen doch sicher die zehn Gebote.

Die Tage verbringe ich mit Essen, Schlafen, Lesen und Spazierengehen. Ich lasse mich einfach treiben, sitze oft auf der Bank mit Blick auf See und Berge. Ich beobachte die Wellen, das Wolkenspiel und die Tagesgäste, die auf die Insel kommen. In den ersten vier Tagen fühle ich mich unwohl, weil ich eigentlich nichts tue. Wie lange ist das her, dass ich einfach mal meine Seele hab baumeln lassen? Ich erinnere mich nicht.

Bald werde ich neugierig, was die Schwestern wohl den ganzen Tag machen, und nehme an Gebetsstunden teil, die nur ihnen und den Hausgästen vorbehalten sind. Viermal am Tag kommen sie in der Kapelle zusammen. Die Laudes, Morgenandacht, beginnt um sechs Uhr. Danach wird gefrühstückt und gearbeitet. Um viertel vor zwölf dann die Mittagsandacht. Nach dem Mittagessen und einer Erholungspause gehen die Schwestern wieder ihrer Arbeit nach. Nachmittags um fünf findet dann die Vesper statt, abends nach dem Essen um neun schließlich die Abendandacht. Ich genieße die Stimmungen in den Andachten sehr. Entweder lesen alle gemeinsam lateinische Bibeltexte oder singen Choräle. Für mich ist das wie Meditation. Mein Kopf schaltet das Denken ab.

Mich überrascht, dass die Schwestern echte Menschen sind. Ich weiß nicht so richtig, was ich eigentlich erwartet hatte, Marsmännchen? Ich erlebe, dass die Schwestern so unterschiedlich sind wie die Menschen auf der Straße. Schwester Scholastika ist die Kernigste hier. Sie leitet den kompletten Seminarbetrieb. Ungefähr 300 Seminare finden pro Jahr statt – zum Großteil auch mit Übernachtung der Teilnehmer im Kloster. Eine anspruchsvolle Managementaufgabe. Festen Schrittes marschiert sie durchs Kloster. Mit einem Golf-Cart fährt sie an mir vorbei, um neue Gäste am Anleger abzuholen. Sie erkennt mich und hält an, wir unterhalten uns. Ein bayerisches Urgestein der Insel kommt vorbei und ruft: „Grüß Gott Schwester Scholastika. Jo mei, gehn Sie wieda Golf spieln heut?" Wir lachen. Ich gehe weiter in den Klosterladen.

In der Souvenirabteilung gibt es äußerst leckere Klosterspezialitäten – Marzipan und Klosterschnaps. Auch wenn ich sonst so gut wie keinen Alkohol trinke, habe ich bis heute immer eine Flasche davon zu Hause und genehmige mir ab und an einen Schluck dieser Kräutermedizin. Im hinteren Teil des Ladens befindet sich die Buchhandlung. Ich laufe an den Regalen vorbei und greife nach einem Buch, das mich auf magische Weise anzieht: *Der innere Raum*. Ich kaufe es und beginne gleich am Abend mit dem Lesen: „Ich erlebe immer wieder Menschen, die darunter leiden, dass andere sie bestimmen …" Das Gefühl passt und ich verschlinge das Buch in dieser Nacht. Am Ende ist klar: Es gibt einen Raum in mir, den ich wieder groß machen will, um mich selbst wieder zu fühlen, statt nur zu funktionieren und das zu tun, was andere von mir erwarten. Dem Himmel sei Dank für diese Erkenntnis!

Die Angewohnheit, einfach ein Buch zu greifen und an einer beliebigen Stelle aufzuschlagen, nehme ich wie den Klosterschnaps mit nach Hause. Und ganz wundersamerweise bringt mich bis heute noch jede Passage, die ich auf diese Weise lese, einen Schritt weiter.

Schwester Elisabeth kümmert sich um den Klostergarten. Mit *Wulle, wulle, Gänschen* lockt sie die Klostergänse abends ins Gehege, damit der Greifvogel sie sich nicht schnappen kann. Ich spreche die Schwester an. Was denn ihr lustigstes Erlebnis bisher im Kloster war, möchte ich wissen. Sie erzählt, wie ein Besucher sie einmal fragte, ob das denn ein Kostüm sei, das sie anhatte. Sie lacht und sagt: „Was die Menschen sich manchmal denken … Unglaublich!"

Eine Schwester ist noch nicht so lange hier. Sie trägt eine weiße Haube statt einer schwarzen. Nach der Trennung von ihrem Ehemann ist sie ins Kloster gekommen. Ihre Kinder leben jetzt bei ihrem Ex-Mann … Eine Variante für das Leben nach der Trennung, an die ich bis dahin noch gar nicht gedacht hatte. Aber auch wenn diese Insel einer der schönsten Flecken der Erde ist und das Essen lecker schmeckt, verwerfe ich diesen Gedanken jedoch gleich. Nein, lieber nicht. Ich kann nicht so hoch singen.

Am Ende meiner Einkehr begleitet mich Schwester Klara zum Anleger. Ich steige auf den Dampfer. Wenig später tutet das Dampferhorn zum Abschied. Schwester

Klara steht auf dem Steg. Sie zieht unter ihrer Or-
denstracht ein riesiges weißes Stofftaschentuch heraus
und schwenkt es hin und her, wie in einem Schwarz-
Weiß-Film aus den Sechzigerjahren. Mir kommen vor
Rührung die Tränen. Und schon jetzt freue ich mich auf
den nächsten Besuch, bei dem ich wieder ein neues
Kapitel aufschlagen werde.

Nach zwei Wochen bin ich endlich zur Ruhe gekommen, denn neben dem Klosterschnaps und dem intui-
tiven Buchaufschlagen habe ich auch diese Ruhe in
meinen Koffer gepackt. Die Reise hat gerade erst begonnen.

15. September 2008

Herr Moutarde zog aus dem gemeinsamen Haus aus. Nach meiner Rückkehr aus dem Kloster und schmerzhaften zwei Wochen war ich ganz allein zu Hause. Wer war ich eigentlich? Wie sollte mein Leben ab jetzt aussehen? Wonach sollte ich mich richten? Ich hatte ein unbändiges Verlangen nach Freiheit.

4. Tube

Was soll's

Puuuh, ausatmen. Tür zu. Endlich! Er ist weg. Jetzt kann ich machen, was ich will. Ich drehe die Musik volle Pulle auf: *Let's groove tonight*. Die Wände vibrieren. Nichts hält mich mehr. Laut singend tanze ich durchs ganze Haus. „Let's groove tonight, share the spice of life, baby slice it right, we're gonna groove tonight …" Wow, wie in alten Zeiten. Das war was: Monaco, Yacht Club – Gala Diner. Die Bühne wird dunkel. Eine tiefe Stimme ertönt. „We now proudly present … Earth … Wind … and … Fire!" Die Welt schien mir zu gehören. Alles war möglich und noch viel mehr! Ich konnte nur gewinnen. Die Nacht haben wir durchgetanzt. Träume konnten nicht groß genug sein.

Verrückte Sachen haben wir früher gemacht: Mit Abfahrtsskiern über Lawinenhänge geschlichen, um Silvester auf der Hütte zu feiern. Mit Plumpsklo und Mäusen, die hinter den Matratzen tanzten. Barfuß liefen wir im Schnee um die Hütte, die Füße fielen uns fast ab. Wir hangelten uns ohne Bodenberührung um den Tisch, tanzten Michael Jacksons *Moonwalk* in Skiunterwäsche und Stricksocken. Nie wollten wir spießig werden. Was ist passiert, dass es doch so gekommen ist?

Der Kinder wegen? Um ein gutes Vorbild zu sein? Ordentlich am Tisch sitzen, Gabel links, Messer rechts,

Handgelenke an der Tischkante. Nicht sprechen, wenn noch was im Mund ist.

Ich koche mir ein paar Nudeln, kippe kalte Tomatensoße drüber und setze mich mit dem Topf ins Bett vor den Fernseher. Ja! Alles das, was man nicht machen soll. Und genau deswegen mache ich es jetzt, und es ist so ein Spaß. Keiner meckert mehr: „Was machst du denn da? Das ist ja asozial."

Ich soll, du sollst, man soll ... Stopp. Schluss mit „sollen". Wer sagt das? Wer bestimmt, was gesollt werden soll? Man sollte das Wort „sollen" aus dem Wortschatz streichen und ersatzlos durch „könnte" ersetzen.

Ich soll nur am Esstisch essen. Wenn ich wirklich wollte, dann könnte ich am Tisch sitzen und essen.

Ich soll mich mehr um die anderen kümmern als um mich. Wenn ich wirklich wollte, dann könnte ich mich mehr um die anderen kümmern als um mich.

Ich soll aufräumen. Wenn ich wirklich wollte, dann könnte ich aufräumen.

Ich kann es auch sein lassen. So viel Entscheidungsfreiheit in einem kurzen Wort. Endlich erlaube ich mir, dass es zu Hause mal nicht perfekt und superordentlich aussehen muss. Ich lasse mein benutztes Glas einfach auf dem Tisch stehen. Das Geschirr steht zum ersten

Mal seit ewigen Zeiten ungespült auf der Spüle. Die verwelkten Blumen werfen ihre Blätter ab, und ich lasse sie liegen.

Ein Freund kommt zu Besuch, um zu sehen, wie es mir geht. „Oh", sagt er. „Hier sieht es ja mal wohnlich aus!" Das nenne ich Feedback. Ist es wirklich so schlimm?

Ja, ist es. Ein paar Tage später habe ich den Beweis. Mein Noch-Mann hat sich für 16 Uhr angemeldet. Wir wollen miteinander sprechen. Um 15.30 Uhr beobachte ich mich, wie ich anfange, die Wohnung abzuscannen. Wo soll ich noch aufräumen? Was liegt noch herum? Sollte ich vor der Haustür noch schnell fegen? Wie sieht es aus mit dem Unkraut auf dem Kiesweg? Ist noch genügend Senf im Kühlschrank?

Stopp. Was tue ich denn da? Das glaube ich ja jetzt selbst nicht! Ich mache mir tatsächlich Gedanken darüber, was er kritisieren könnte, wenn er herein-kommt. Ich befürchte seine Blicke nach dem Motto: „Wie sieht es denn hier aus!" Ich dachte bisher, das sei nur vor dem Besuch der Eltern oder Schwiegereltern so und merke jetzt, dass ich das auch immer getan habe, bevor mein Ehemann nach Hause kam. Das gibt es doch gar nicht. Bin ich so altbacken?

Noch zu den Zeiten unserer Eltern Ende der Fünfzigerjahre konnte der Ehemann die Scheidung einreichen mit der Begründung, dass die Ehefrau den

Haushalt nicht gut genug führe und auf dem Schrank noch Staub liege. Die Schuld lag dann rechtlich gesehen bei der Frau, sie hatte keinen Unterhalt nach der Trennung zu erwarten. Diese Zeiten sind doch längst vorbei! Zwar hat sie heute auch keinen oder kaum Unterhalt zu erwarten, aber wenigstens hat sie nicht mehr Schuld, wenn der Senf alle ist und sie ihren häuslichen Pflichten nicht nachgekommen ist. Das Würstchen bleibt dann halt allein.

So, und was soll ich jetzt machen? Äh, was könnte ich jetzt machen? Er kommt gleich.

Nichts. Ich räume einfach nicht auf. Soll er doch denken, was er will. Ich drehe die Musik wieder auf. „Let this groove, get you to move, it's alright, alright …"

Ich könnte die Musik leiser drehen, um die Klingel zu hören. Nö. Was soll's.

Oktober 2008

Eine Zeit der großen Freiheit begann. Ich traf mich mit Freunden, die ich schon lange nicht mehr gesehen hatte.

November 2008

Ich fing an, neue verrückte Dinge zu machen. Ich lernte Pokern. Einmal ging ich sogar nachts alleine auf die Reeperbahn in einen Pokerclub. Mit jungen Typen, die Sonnenbrillen trugen, spielte ich Karten.

Silvester 2008

Ich feierte mit Bekannten Silvester in Berlin. Wir wohnten dort in der Wohnung einer Travestiekünstlerin im Prenzlauer Berg. Wir machten die Nacht zum Tag.

März 2009

Mit dem neuen Jahr kehrte der Alltag ein. Ich hatte oft Angst und war unzufrieden. Manchmal fühlte ich mich wie im freien Fall. Und manchmal wollte ich einfach nur schreien.

5. Tube

Skyfall

Um es auf den Punkt zu bringen: Scheiße!

Es gibt so Tage, da wache ich schon mit einer Kacklaune auf. Dann sagt meine Tochter, sie hat Bauchschmerzen. Schon wieder entscheiden. Was tue ich? Was ist los? Bauchschmerzen sind ja meistens seelisch. Sind nicht alle Krankheiten seelisch? Eigentlich bräuchte ich jetzt jemanden, der mich in den Arm nimmt und sagt: „Alles ist gut!"

Nun lese ich schon all diese Bücher wie *Das neue Ich*, *Law of Attraction*, *The Power* und immer noch erwischt mich die schlechte Laune. Habe ich da vielleicht etwas missverstanden?

Und dann telefoniere ich mit einer guten, sogar einer meiner besten Freundinnen, die mir doch tatsächlich sagt: „Barbara, du hast jetzt so viel verändert und du bist immer noch unzufrieden. Das ist in dir."

Scheiße nochmal. Das jetzt auch noch, das kann ich nun gar nicht gebrauchen. Ich höre mich nur erwidern: „Du mit deinen Du-Botschaften." Tatsächlich merke ich, dass sie auch ein bisschen recht hat. Oh Mann, mir wird alles zu viel. Soll ich das jetzt wegmeditieren oder wegrennen? Keine Lust, bin zu faul.

Ich denke an Felix Baumgartner. Aus 39 Kilometern stürzt der sich hinunter. Irre, dieser Blick von seiner Helmkamera auf die Erde, die da schwebt wie ein Globus, und alles ist so schön friedlich. Ist der eigentlich irgendwann mal verzweifelt? Kann ich mir nicht vorstellen. Und dann durchbricht der auch noch die Schallmauer. Hören nur wir den Knall oder er auch? Oder knallt es nur bei Flugzeugen? Oder wer hat 'nen Knall? Mist, da ist es wieder.

Annehmen, hat mir ein Freund geraten. Daran erinnere ich mich jetzt. „Nimm deine Gefühle an. Alle Gefühle sind für etwas gut." Wie geht das denn jetzt? Ich fühle mich so mies. Weiß nicht, was ich tun soll. Tatsächlich fühle ich mich einfach nur Sch…

Jetzt muss ich langsam selbst über mich lachen. Ist das die Schallmauer von Felix? Einfach mal aus 39 Kilometern fallen lassen. Auskotzen, aber so richtig. So richtig beschleunigen und Fahrt aufnehmen. Schreien und dabei Fratzen ziehen. Mal so richtig gehen lassen.

„Barbara! Das sagt man nicht!", höre ich in eine tiefe, pastorale Stimme vorne über meinem Kopf in opernähnlicher Dramatik sagen.

Wääääääääääääää? Ist mir doch sch…egal!, schreie ich zur Kanzel hoch. Es fallen mir noch viel schlimmere Wörter ein. Meine neunjährige Tochter sagte kürzlich aus heiterem Himmel zu mir, dass sie das *F-Wort* besser findet als das *S-Wort*. „Wieso das?", fragte ich sie. „Sex ist doch kein schlimmes Wort." – „Mama! Sei still. Das ist peinlich." – „Sex, Sex, Sex." – „Hör auf, Mama!" – „In welcher Klasse ist deine Schwester? Wie heißt die Zahl?" – „Sechs ..." Na also, geht doch! Sie lachte erleichtert. Da hätten wir das ja nun auch gelöst.

Zurück zum freien Fall. Eine meiner zahlreichen Therapeutinnen sagte mal: „Gehen Sie in den Wald und schreien Sie. Das habe ich auch einmal eine Nacht lang gemacht."

Nachts in den Wald? Mmmmh. Ich bin dann mal tagsüber los. Es war echt kalt und Schietwedder, wie wir in Norddeutschland so sagen. Ich dachte, da ist jetzt keiner unterwegs. Und ich habe mal angefangen zu tönen.

"Aaaah ..." Pause.

Mmmmh. Ich schaue mich um. Nicht, dass jetzt jemand die Polizei holt.

Na, so richtig verändert hat sich jetzt nichts. Ich versuch's nochmal.

"Aaaaaaaaaaaahhhhhhhhh!" Ein wenig lauter.

Jetzt stelle ich mir schon vor, wie ein Polizeihelikopter über mir kreist. Und da hinten kommt ein Tyo mit einem Hund. Obwohl ich doch schon vom Weg mitten in den Wald gelaufen bin. Mist.

Monaco ist das bevölkerungsdichteste Land. Da hätte ich noch nicht einmal in den Wald gehen können. Deutschland kommt an 37. Stelle hinter China und Indien mit 230,5 Einwohnern pro Quadratkilometer. Am dünnsten besiedelt sind die Westsahara und die Mongolei mit zwei Einwohnern je Quadratkilometer. Da kannst du schreien, was das Zeug hält.

Zurück in den deutschen Mischwald. Ich verstecke mich hinter einem Baum. Hoffentlich hat der Hundebesitzer mich nicht gehört. Und da denke ich auch schon daran, dass ich ja eigentlich mal weniger essen wollte. Ist der Baum überhaupt dick genug für mich? Ach verdammt. Tagsüber geht das nicht, ohne dass ich eingeliefert werde!

Also versuche ich es am nächsten Morgen um fünf Uhr. Ich ziehe meine Laufsachen an. Die Kinder schlafen noch, ich wieder ab in den Wald. Scheiße ist das dunkel, ich fliege gleich bei der ersten Wurzel auf die Fresse. Das bringt's auch nicht. Mut habe ich aber! Das sagen mir alle. Na wenigstens etwas. Ehrlich gesagt (aber nur unter uns), welcher Triebtäter geht auch schon morgens um fünf in den Wald. Das ist nun wirklich die allersicherste Zeit. Trotzdem! Ich bin ziemlich mutig.

Nach diesen zwei gescheiterten Versuchen habe ich das mit dem Rausschreien dann noch einmal ausprobiert. In einem weiteren Seminar zum Thema „Essen nur bei körperlichem Hunger" (wegen dem Baum) gab's die Empfehlung, doch einfach in ein Kissen zu brüllen. Und das funktioniert echt gut. Hätte ich mir auch gleich denken können. Früher, als ich noch Krimis und Thriller geschaut habe, haben sie ja so die Leute umgebracht, wenn kein Schalldämpfer zur Hand war.

Also gut. Wo war ich? Ach ja, im freien Fall. Mal richtig Gas geben und es rauslassen. Ich muss sagen: das hilft. Sobald die Schallmauer durchbrochen ist, bist du entweder so fertig vom Brüllen oder kommst dir so bescheuert vor, dass du nur noch lachen musst.

Und dann ist einfach alles wieder gut.

Mai 2009

Dass es so schwer sein würde, hatte ich nicht gedacht. Ich kämpfte mit Niedergeschlagenheit, Schuldgefühlen und Selbstzweifeln. Ich fuhr wieder eine Woche ins Kloster auf die Fraueninsel, um Abstand von allem zu gewinnen. Aus allem raus, aufs Wasser schauen und ganz ruhig werden, das war in solchen Momenten das Beste.

Juni 2009 bis Mai 2010

Ich suchte mir Hilfe bei einer Heilpraktikerin. Die Gespräche taten mir gut. Ich machte Familienaufstellungen. Ich erlebte plötzlich, dass die Welt gar nicht so funktioniert, wie ich bisher geglaubt hatte. Ich dachte immer, ich träfe freie Entscheidungen. Jetzt merkte ich, dass ich alte Programme, die ich mir als Kind angewöhnt hatte, immer wieder abfahren lies. Hatte ich in meinem bisherigen Leben alles falsch gemacht?

6. Tube

Eigentlich

Wozu ist eigentlich *eigentlich* da? Etwas ist da, und doch wieder nicht? Ich möchte einfach nur raus aus der Unentschlossenheit. Nimm einen anderen Weg.

Ich sitze mal wieder auf der Holzbank in der Sonne vor meinem Lieblingscafé Tide in Hamburg-Ottensen. Eigentlich herrlich. Eigentlich möchte ich ja immer Positives schreiben. Eigentlich. Heute ist es nicht so. Gefühlt bin ich am Ende. Mir ist alles zu viel. Ich habe Schuldgefühle und das Gefühl, alles falsch gemacht zu haben.

Wenn ich näher darüber nachdenke, merke ich schon, dass das nicht stimmen kann. Alles falsch machen, das geht ja gar nicht. Ich weiß doch, dass es nicht so ist. Warum fühle ich mich dann so? Hilflos, machtlos, ja verzweifelt. Ich, die doch andere immer motiviert, positiv zu denken, hänge voll durch. Ich möchte den nächsten guten Gedanken finden, doch ich fühle mich müde. Damit verhindere ich selbst, dass ich etwas ändere und umdenke. Das nennt man wohl sich selbst im Weg stehen. Am liebsten möchte ich das Licht ausschalten, die Kontrolle abgeben.

Ich lese regelmäßig astrologische Nachrichten, die die aktuelle Sternenkonstellationen und die möglichen Auswirkungen auf unser Leben beschreiben. Ich bin fest davon überzeugt, dass es Zusammenhänge gibt. Die Planeten unseres Sonnensystems kreisen wie ein hochpräzises Uhrwerk um unsere Sonne. Die Sternenbilder und -bewegungen können für Jahrtausende exakt vorherberechnet werden. Das ist doch alles nicht nur Zufall. Und wenn unser Sonnensystem sich so vorhersehbar bewegt, wie frei sind wir Menschen denn wirklich in unseren Entscheidungen? Diese Frage ist wohl eine der häufigsten Fragen, die sich die Menschen immer wieder stellen. Und das tue ich jetzt auch.

Die aktuellen Sternennachrichten haben für heute und die nächsten Tage eine Ausnahmewoche vorausgesagt. Vieles wird auf den Kopf gestellt. Ich war die ganze letzte Woche schon gespannt darauf, was sich denn in meinem Leben zeigt. Ich habe mir schon die tollsten Dinge ausgemalt. Keine Vorboten habe ich wahrgenommen. Seit gestern steht alles auf dem Kopf. Leider ist nichts von dem dabei, was ich mir gewünscht hatte. Im Gegenteil. Meine Laune, nein, meine gesamte Gefühlslage ist in Endzeitstimmung.

Eigentlich.

Ganz tief in mir spüre ich, dass da noch etwas anderes ist. Ein kleines Lichtlein?

Wenn ich eine Kerze anzünde, frage ich mich manchmal: Ist die Kerze an oder nicht? Ja, sie brennt – kaum sichtbar, aber spürbar. Es dauert einen Moment, bis die Flamme das Wachs wärmt und zum Schmelzen bringt. Hoffentlich kommt kein Windstoß, der sie auspustet. Ich schütze sie mit beiden Händen. Geschafft! Jetzt saugt der Docht das flüssige Wachs auf und leitet es weiter zur Flamme. Sie wird größer und stabiler. Die Kerze brennt wieder.

Frank, der Cafébesitzer, kommt raus und begrüßt einen neuen Gast auf seine ganz eigene Art. Er setzt sich seitwärts auf dessen Schoß, legt den Arm um ihn und lächelt.

Ach ja. Wie heißt noch mein Motto? Ich merke es gerade. Einfach lachen. Alles ist gut.

15. Juni 2009

Es ging aufwärts. Ich meldete mich zum Tangokurs an. Mein Tanzpartner war ein argentinischer Taxifahrer – einen Kopf kleiner als ich.

29. Juni 2009

Ich hatte mein erstes Date mit einem ehemaligen Kommilitonen aus meiner Studentenzeit in Mannheim.

20. Juli 2009

Herr Moutarde fand eine neue Wohnung und zog aus der möblierten aus. Jetzt brauchte er seine Möbel. Unerwartet stand er plötzlich vor der Tür.

7. Tube

Polizei oder Bergpredigt

Plötzlich steht er vor der Tür. Ein Lieferwagen in der Einfahrt.

„Ich will meine Sachen abholen."

Alles fällt mir aus dem Gesicht. Nein, die Nase ist noch dran. Aber ich spüre, wie mir die Farbe aus dem Gesicht schwindet. Ich kriege kaum Luft.

„Das geht jetzt nicht", sage ich. „Die Kinder sind da. So war das nicht vereinbart."

„Du kannst ja die Polizei holen", sagt er.

Wir hatten vereinbart, dass er vormittags um zehn Uhr kommt, um ein paar Dinge abzuholen. Ich hatte die Kinder extra deswegen mit einer Freundin auf einen Ausflug geschickt, damit sie nicht dabei sind, wenn ihr Papa Sofa, Schrank, Stühle aus dem Haus räumt und mitnimmt.

Er war zur vereinbarten Zeit nicht gekommen. Er hatte auch nicht angerufen. Jetzt steht er hier und sagt, ich könne ja die Polizei holen.

Die Kinder spielen in ihren Zimmern. Sie bemerken, dass jemand gekommen ist. „Hallo Papa!", jubeln sie. „Was machst du hier?"

„Ich hole meine Sachen ab!"

Ein großes Fragezeichen macht sich auf ihren Gesichtern breit. Ich merke, dass sie überlegen, wie sie reagieren sollen. Kinder im Alter bis sieben Jahre lernen vor allem durch Nachahmung. Diese Situation ist neu – für die Kinder und für mich. Ich weiß auch nicht, was ich tun soll. Gefühlt will jemand mein Haus ausräumen und ich stehe vor der Wahl, die Polizei zu holen.

So etwas habe ich nicht geplant. Ich kann auf keinerlei Erfahrungen zurückgreifen. Das kenne ich nur aus Krimis oder Reality-TV. Pures Leben an meiner Haustür. Ziemlich abgefahren – wie im Film. Ich in der weiblichen Hauptrolle. Die Spannung wird mit dramatischer Musik verstärkt. Die Bilder verlangsamen sich. Wie verhält sich die Protagonistin – wird sie die Polizei rufen? Wird sie sich ihm in den Weg stellen oder auf ihn losgehen? Vielleicht sogar ein Messer aus dem Messerblock in der Küche holen? Oder wird sie wehklagend zusammenbrechen? In Ohnmacht fallen ist auch eine Möglichkeit. Wird er über sie hinübersteigen und die Sachen aus dem Haus tragen – oder wird er ihr zur Hilfe eilen? Sie könnte ihn auch ablenken, schnell die Tür hinter sich schließen und dann um Hilfe schreien. Oder ihn reinlassen und in der Zwischenzeit die Reifen zerstechen, sodass er nicht wegfahren kann ... Ha! Sie könnte Superman um Hilfe rufen, der gleich angesaust kommt und ihn von hinten angreift und verjagt. Er würde die Hände schützend über seinen Kopf halten und davonlaufen. Was passiert wohl dann mit dem Lieferwagen?

Ach, es gibt so viele Möglichkeiten. Die Frage ist: Wie frei sind wir in unseren Entscheidungen? Kleine Kinder schauen zuerst, wie die Erwachsenen reagieren. Zum Beispiel beim Hinfallen: Sie liegen auf dem Boden, verharren und schauen, ob es jemand gesehen hat. Hat keiner zugeschaut, stehen sie auf und laufen weiter. Haben aber Mama, Papa, Oma oder Opa den Sturz beobachtet und verziehen mitfühlend das Gesicht, dann fangen sie an zu weinen. Zumindest bei jüngeren Kindern ist das so. Sobald sie gelernt haben, dass Hinfallen schlimm ist, dann geht es auch ohne die Aufmerksamkeit eines anderen. Faszinierend, wie das funktioniert.

In den Trümmern meines eingestürzten Ehekartenhauses stehe ich allein an der Haustür. Keiner schaut mir zu und Superman kommt auch nicht. Ich verharre einen Moment und entscheide mich intuitiv für die Methode der Volks- und Raiffeisenbanken: Ich mache den Weg frei.

Meine Freundin, kaum mit den Kindern vom Ausflug zurück, ist glücklicherweise noch da und geht gleich noch einmal mit den Kindern zum Spielplatz. So stehe ich nun im Hausflur und schaue mir die Räumungsaktion an – am Anfang noch schockiert.

„Soll ich mich jetzt aufregen oder besser einfach nur Mitleid haben für dieses unmögliche Verhalten?", überlege ich.

Ich nutze die Zeit für eine kleine Einkehr in der Küche – hier wird er so schnell nichts mitnehmen wollen – und beginne damit, tief ein- und auszuatmen. Ich schüttele den Kopf. Unfassbar. Da sagt mein Noch-Ehemann zu mir: „Hol doch die Polizei." Wir sind seit zwölf Jahren verheiratet, haben zwei Kinder und unzählige Stunden miteinander verbracht. Nie habe ich mir vorstellen können, mich einmal in einer solchen Situation wiederzufinden. Er läuft an mir rein und raus. Ich könnte jetzt einfach meinen Fuß ausfahren … Ups, Entschuldigung … Traue mich aber nicht.

Ich bin wütend – sehr wütend. Rachegefühle machen sich breit. Wie kann ich ihm das heimzahlen? Ich sehe schon ein Stiletto-Messer in meiner Hand. Ich stoße es in der Dunkelheit der Nacht in alle vier Reifen seines Wagens. Es zischt. Der Wagen ist tiefergelegt.

Schließlich kommt mir der Tipp einer Freundin, die die Scheidung bereits hinter sich gebracht hat, in den Sinn:

„Barbara – die beste Rache ist, glücklich zu sein. Streite dich nicht um Dinge wie Möbel. Die willst du sowieso nicht haben. Da gehst du zu Ikea und kaufst neue."

50

Ja. Recht hat sie. Endlich habe ich wieder Platz im Regal. Da standen sowieso zu viele Ordner drin. Ein neues Sofa wollte ich schon längst haben. Je mehr er mitnimmt, desto weniger muss ich wegwerfen.

Während er räumt und trägt und schleppt, sitze ich mit einem Tee am Küchentisch und fange schon mal an, mich auf die neuen Sachen zu freuen und im Geiste das Haus umzugestalten. Erstaunlich, wie schnell ich mich an den Gedanken gewöhne. Ich weiß, dass ich richtig entschieden habe. Hätte ich die Polizei gerufen, wären die Beamten jetzt vielleicht gerade mal am Tatort eingetroffen. Bis hierhin hätte ich mich schon 30 Minuten aufregen müssen, um authentisch meine Lage vorzutragen. Dann hätten wir noch mindestens eine halbe Stunde vor den Beamten gestritten. Der Abend wäre ruiniert gewesen. Zusätzlich hätte ich in den folgenden Tagen vier bis fünf Mal Freunden die Geschichte mit entsprechendem Adrenalinausstoß erzählt. Den anschließenden Briefverkehr eingerechnet hätte das in Summe mindestens 20 Stunden Stress gekostet. Nein. Dann lieber eine neue Einrichtung.

Nach kaum einer halben Stunde und einem vollen Lieferwagen geht die Aktion dem Ende entgegen. Was sagte Jesus bei der Bergpredigt? „Wenn dich einer auf die linke Wange schlägt, halte ihm auch die andere hin …"

„Kann ich dir helfen, noch etwas rauszutragen?", frage ich und fühle mich gut dabei.

Es hätte auch ganz anders ausgehen können.

Der Lieferwagen fährt ab und ich winke hinterher.

Bis die Kinder vom Spielplatz zurückkommen, sauge ich den alten Staub aus der Ecke, wo einmal unser Sofa gestanden hat. Für mein neues Sofa schwanke ich noch zwischen pink und grün. Mal sehen, was die Kinder meinen.

27. Juli 2009

In meinem seltsam leeren Haus klangen die Worte meiner Freundin nach: „Die beste Rache ist es, glücklich zu sein." Ihre Worte sollten mich noch Jahre begleiten.

28. Juli 2009

Ich setzte mich mit meinen Kindern an den Küchentisch. Alle Wohnzeitschriften und Möbelkataloge, die wir finden konnten, hatten wir zusammengetragen. Wir schnitten alles aus, was uns gefiel und klebten es auf ein großes Plakat.

1. August 2009

Herr Moutarde und seine Möbel waren fort. Ich nutzte die Gelegenheit, einmal so richtig auszumisten.

8. Tube

Heute im Fernsehprogramm: Seelenmüll

Die Sonne scheint. Ich habe mir einen Stuhl vor die Garage gestellt. Ich sitze einfach nur hier und schaue in meine Garage hinein – Garagenfernsehen. Ich fühle mich so glücklich und so erleichtert. Die Nachbarn wundern sich vielleicht über mein Dauerlächeln. So eine riesengroße Freude!

Am Wochenende habe ich ausgemistet. Die Garage, der Dachboden und die Abstellkammer sehen jetzt eins a aus. Nun sitze ich davor, schaue mir mein Werk an und bade ausgiebig in diesem herrlichen Gefühl der Erleichterung. Ich atme ganz tief ein. Meine Lunge nimmt mindestens doppelt so viel Luft auf wie sonst. Nach der ganzen Schlepperei fühle ich mich so leicht wie ein Luftballon, der langsam und ganz leise in die Höhe steigt. Zwei ganze Wagenladungen habe ich zum Recyclinghof gebracht. Das Auto war komplett vollgepackt – Kofferraum, Rücksitzbank und sogar der Beifahrersitz. Jetzt fühlt es sich so an, als ob dieser ganze Müll nicht nur aus dem Haus raus, sondern auch von meiner Seele abgefallen ist. Komisch.

Zum Beispiel hatte ich noch die schönen von den Kindern gebastelten Laternen der letzten sechs Jahren aufgehoben. Da steckte so viel Liebe drin, das kann ich

54

doch nicht wegwerfen. Nur, was wollen wir denn damit noch machen? An Sankt Martin mit zwölf Laternen losgehen können wir ja sowieso nicht. Aber wegwerfen?

Oder die zusätzlichen Billy-Regalbretter. Vielleicht brauchen wir die ja nochmal, wenn wir umziehen und die Schränke umorganisieren wollen.

Wie viele der leeren Senfgläser werde ich mit selbst gemachter Erdbeermarmelade noch füllen?

Welche der achtundzwanzig Farbtöpfe werde ich wohl noch brauchen können? Oder werde ich den Metallweihnachtsbaum mit Glaseinsätzen, den ich seit acht Jahren nicht mehr verwendet habe, irgendwann einmal vermissen? Sollte ich mit den Dingen, die noch gut sind, nicht mal zum Flohmarkt fahren?

Halt. Als am Freitagabend zehn leere Schuhkartons, die ich für den Weihnachtsversand aufbewahrt hatte, auf mich herunterpurzelten, wurde mir auf einmal schlagartig klar: So wird das nichts. Diese vielen unbeantworteten Fragen machen mich kirre. Immerzu entscheiden, was ich in der Zukunft noch brauche, was später mal passieren wird. Hast du so einen Raum mit Dingen, die sich einfach so angesammelt haben und die immer wieder unangenehme Fragen stellen? Und jedes Mal, wenn du die Tür öffnest, kommen sie dir entgegen? Diese Fragen meine ich. Und selbst wenn die Tür geschlossen ist, spürst du, wie sie hinter der Tür nach einer Antwort rufen – wie die Geister aus dem Video von Michael Jacksons *Thriller*, die aus den Gräbern steigen. Du beschleunigst deine Schritte, um hier möglichst schnell wegzukommen.

Am Wochenende war endgültig Schluss! Ich war wild entschlossen – keine quälenden Zukunftsfragen mehr. Neue Strategie. Ab jetzt gibt es nur noch eine einzige Frage: Wie fühle ich mich damit?

Ich ging folgendermaßen vor. Nacheinander nahm ich jedes Ding in die Hand, schloss die Augen und stellte nur die eine Frage: Wie fühle ich mich jetzt damit? Nervt oder belastet es mich in irgendeiner Weise? Dann ab zum Recyclinghof. Habe ich ein gutes Gefühl? Dann bleibt es.

Viel ist nicht übrig geblieben. Und ich fühle mich so leicht … Wenn es nachher dunkel wird, gehe ich ins Haus. Dann setze ich mich in meinen Vorratskeller und genieße diese herrliche Klarheit. Vorratskellerfernsehen.

August 2009

Wir nutzten die Sommerferien und räumten das ganze Haus um. Das eineinhalb Jahre alte Ehebett verkaufte ich. Das Geld reichte genau für eine neue Matratze mit Lattenrost. Die rote Wand im Wohnzimmer strich ich türkis. Die dunkelroten Vorhänge tauschte ich gegen frische weiße aus. Die Designercouch verschenkte ich an Nachbarn und kaufte eine neue weiße für 300 Euro. Es war noch Geld übrig, um Ideen von unserem Wunschplakat zu verwirklichen. Das Haus wurde hell und frisch. Ich atmete durch.

September 2009

Im Job wurde ich befördert.

Oktober 2009

Es gab gute Tage und schlechte Tage. Die guten überwogen. Trotzdem überlegte ich immer wieder, wie meine Ehe so scheitern konnte. Warum verlief das Leben so und nicht anders? Ich kam zu einer erstaunlichen Erkenntnis.

9. Tube

Extrascharf

Achtung – diese Tube ist extrascharf. Wer empfindlich ist, sollte jetzt aufhören zu lesen. Nach dieser Tube gibt es keine Ausflüchte mehr nach dem Motto „Gott erhalte mir meine Ausreden und die Waschkraft meiner Mutter". Das ist danach endgültig vorbei.

Ich habe recherchiert. Für den, der 200 Milliliter extrascharfen Senf auf einmal isst, kann das richtig gefährlich werden. Im Internet steht etwas von Verätzungen und Magenschleimhautentzündungen. Aber wer isst denn schon 200 Milliliter extrascharfen Senf?

Ich habe das früher, vor vielen Jahren gemacht. Nein, nicht gelöffelt wie beim Nutella-Glas. Oh, als Kind habe ich oft davon geträumt, ein eigenes Nutella-Glas für mich allein zu haben … Ich tunke den Löffel tief hinein in die weiche Schokocreme. Wie Honig zieht sich die Nutella und ich drehe den Löffel, damit alles darauf bleibt. Langsam und genüsslich, Schicht für Schicht lasse ich die Nutella auf meiner Zunge zergehen. Wie schnell doch so ein 400 Gramm-Glas leer sein kann …

Mit dem extrascharfen Senf war es ähnlich. Nicht mit dem Löffel – natürlich nur im übertragenen Sinn. Ich lag oft im Bett und malte mir extrascharfe Katastrophen aus. Zum Beispiel, dass mein Ehemann mit dem Flugzeug abstürzt und ich ganz alleine mit den Kindern zurückbleibe. Ich stellte mir vor, wie ihn andere Frauen anbaggern und er nicht immer widerstehen kann. Ich fragte mich sogar, ob er mir wohl an seinem Sterbebett die Wahrheit gesagt hätte. Bei all diesen schauerlichen Vorstellungen kamen mir die Tränen.

Das Gleiche passiert, wenn du einen gehäuften Löffel extrascharfen Senf in deinen Mund steckst. Ich weiß nicht, warum ich das gemacht habe. Vielleicht, um mich wieder zu spüren? Wenn mich jemand gefragt hätte, „Wünschst du dir das?", hätte ich vehement erwidert: „Nein. Was ist das für eine dämliche Frage! Auf gar keinen Fall!" Doch wie es kommen musste, ist genau das geschehen, was ich so gar nicht wollte. Nicht ganz genauso, aber so ähnlich.

Meine Ärztin erklärte mir das so: „Das Gehirn funktioniert wie ein Bierzelt beim Oktoberfest. Die Wege zur Biertheke und zum Klo werden am meisten benutzt. Da rennt jeder lang. Immer gleich und alles voll. Das sind Ihre Gedanken. Jeden Tag die gleichen." Jo mai, do ko ja goa nix draus wern. Wenn ich zum Klo und zum Bier gehe, also immer wieder denke, dann kommt auch *Klo und Bier* raus. Das heißt, wenn ich Katastrophen denke, dann kommen auch Katastrophen raus?

Einwand: „Ich habe ja nicht über die Katastrophen nachgedacht, damit ich sie bekomme, sondern damit ich sie eben *nicht* bekomme!"

„Hier liegt der entscheidende Punkt", erklärte mir die Fachfrau. „Wenn Sie *nicht Klo und Bier* denken, kommt trotzdem *Klo und Bier* raus. Wie soll *nicht* rauskommen? *Nicht* gibt es nicht. Sie denken *Klo und Bie*r, egal ob *nicht* dabei ist oder nicht."

Es hat einige Zeit gebraucht, bis ich das verstanden hatte. Und wie geht das jetzt, dass nicht *nicht* rauskommt?

„Wenn Sie etwas anderes wollen, dann müssen Sie einen anderen Weg gehen. Einen, den Sie noch nicht gegangen sind. Am besten, Sie tauschen das Bierzelt gegen ein Zirkuszelt. Jetzt stellen Sie sich vor, was Sie dort sehen und erleben möchten. Einen Clown, der riesengroße, bunt schillernde Seifenblasen macht. Jemanden, der im Trapez hin und her schwingt und einen Salto dreht. Sie riechen das Popcorn. Sie hören das Publikum applaudieren. Das wird passieren. Nicht genauso, aber so ähnlich."

Vor ein paar Wochen saß ich im Flieger nach Mallorca. Ich schlug das Bordmagazin der Fluggesellschaft auf und las ein Interview mit einer früheren Schulkameradin von mir. Mit 17 hatte sie zu uns gesagt:„Ich werde Reschischörin." Damals haben wir gelacht – jetzt nicht mehr. Sie hat gerade ihren neuen Film *Ostwind* herausgebracht. Mit Hillary Swank hat sie auch schon in Hollywood gedreht. Toll! Sie hat es richtig gemacht. Schon mit 17 hatte sie ihr Ziel klar vor Augen.

Zur gleichen Zeit habe ich von Hollywood geträumt – vom Film Grease mit John Travolta. Ich wollte Sandy – gespielt von Olivia Newton-John – sein und habe voller Inbrunst den Song mitgesungen: „Sandy can't you see. I'm in misery. We made a start, now we're apart. There's nothing left for me ..." Mist, jetzt merke ich es! Mein Englisch war ja damals nicht so gut. Schlagartig ist mir klar, dass meine Ärztin recht hat. Ich habe mir meine Katastrophen sogar selbst herbeigesungen! Ich war es – nicht die anderen. Die anderen haben mir nur den Gefallen getan, dass meine Vorstellungen tatsächlich wahr geworden sind.

Lange Denkpause.

Im Internet finde ich außerdem die Information, dass 200 Milliliter Senf zu Halluzinationen führen können. Total legal, mit Senf halluzinieren. Also los! Schnallt die Surfbretter auf den VW Bully, packt die Kühltasche voll, die Gitarre ein und Abfahrt ins neue Leben, so wie wir es uns vorstellen. Und nicht anders.

Okober 2009

Die Reise mit dem Bully habe ich noch einmal verschoben. Stattdessen wusste ich, dass ich mein Leben weiter verändern wollte. Ich las Bücher über die neuesten Erkenntnisse der Hirnforschung und der Quantenphysik. Immer mehr fing ich an zu verstehen, wie unsere Welt und wie wir Menschen funktionieren. Mir wurde immer klarer, dass wir alle zu viel mehr in der Lage sind, als wir bisher glaubten.

Januar 2010

Ich entschied mich für eine Ausbildung. Ich wollte selbst das Steuer für meine Gedanken in die Hand nehmen und die Regie für den Film meines Lebens selbst übernehmen.

10. Tube

Selbstversuch

Gestern stand mir ein Termin bevor. Es ging um ein finanzielles Thema, das mir schon länger auf der Seele lag. Schon Tage vorher hatte ich darüber gegrübelt und mir eher weniger gute Gedanken gemacht. Immer wieder habe ich mir gesagt: „Barbara, du weißt doch, wie diese Welt funktioniert. Mach dir gute Gedanken darüber, wie du es dir wünschst." Außerdem ist ja schon auch gut, den eigenen klugen Ratschlag, den ich bereits in eine extrascharfe Senftube verpackt habe, selbst zu beherzigen. Ich kann doch nicht den anderen sagen, hör auf an *Klo und Bier* zu denken und stell dir ein Zirkuszelt vor, wenn ich selbst ständig an *Klo* denke. Äh, doch – können tue ich das schon. Aber das geht für mich gar nicht. Ich will nur Dinge empfehlen, die ich selbst anwende und die etwas bringen.

Also stelle ich mir vor, wie ich diesen Termin mit guter Laune verlasse und wie wohl und zufrieden ich mich auf der Heimfahrt fühle. Was soll denn schon passieren? Ach, es ist alles gut. Ich gebe immer mein Bestes, und es gibt keinen Grund, daran zu zweifeln. Genau in dieser Stimmung fahre ich in die Hamburger Innenstadt zum Termin.

Es beginnt schon damit, dass ich beschwingt die Treppen nach oben nehme und mir auf dem Flur eine freundlich lächelnde Dame entgegenkommt.

„Sind Sie Frau Moutarde?"– „Sind Sie Frau Schatz?"

So ist gleich schon das Eis – das es gar nicht gab – gebrochen. Ich folge ihr in ihr ziemlich tristes Büro. Auffallend schön sind jedoch die Fotos an der Wand: wunderschöne Landschaftsaufnahmen mit Tiefenwirkung, eine Nahaufnahme von einem Feldhasen, Felder im Morgennebel. Alle schön auf Leinwand aufgezogen. Ganz besondere Bilder.

„Sie sind ja gut gelaunt", sage ich erleichtert und erfreut zu ihr.

„Ja. Sehen Sie sich um. Hier sitze ich acht oder neun Stunden am Tag. Da brauche ich gute Laune."

Recht hat sie. Aus allem das Beste machen. Toll. Wer das schafft in einer behördenähnlichen Umgebung wie hier, der muss es drauf haben, sich gute Bilder in den Kopf zu setzen. Ich bin sehr wach und gespannt, was noch passieren wird. Der Start war ja schon sehr gut.

„Ich habe mich gewundert, dass Sie mich eingeladen haben. Ich habe doch bereits mit Ihrer Kollegin zu diesem Thema gesprochen", sage ich.

„Oh, habe ich da etwas übersehen?", antwortet sie und durchsucht ihre Datenbank.

„Macht nichts. So haben wir uns auch mal kennengelernt. Ich erzähle Ihnen gerne, worum es mir geht", gebe ich zurück und fange an zu erzählen. Ich berichte, wie sich alles entwickelt hat seit der Trennung. Ich bin ganz locker und entspannt.

Zwischen uns entwickelt sich ein unfassbar tolles Gespräch. Wir sprechen über Wendepunkte im Leben. Wie schmerzhaft sie sind und welch große Chance gleichzeitig darin steckt, wenn man sie erkennt und zur Weiterentwicklung nutzt. Frau Schatz ist selbst nicht getrennt.

„Sind Sie glücklich?", traue ich mich, sie direkt zu fragen.

„Irgendwie schon, wenn es auch nicht mehr die Schmetterlinge im Bauch sind. Mein Mann und ich haben viel miteinander erlebt und Krisen gemeistert. Das verbindet uns. Vor ein paar Jahren gab es dennoch einen Wendepunkt in meinem Leben. Ich stand in der Küche. Meine Hände steckten im Hackfleisch und mir sind nur noch die Tränen runtergelaufen. So ging es nicht mehr weiter. Ich habe mir dann einen Fotoapparat geschnappt, der in der Küche rumlag. Ich bin raus in die Natur gegangen und habe einfach Fotos gemacht von allem Schönen, was ich gesehen habe."

Oh, wie toll ist das denn? Mit der Kamera das Schöne gesucht, gefunden und festgehalten, denke ich.

„Schauen Sie", sie zeigt auf die Fotos an der Wand, „diese Fotos habe alle ich gemacht."

Ich bin baff. Ist das nicht unglaublich? Hände im toten Fleisch steckend, heulend, fängt jemand an, seine Leidenschaft zu leben. Sie besitzt inzwischen eine der besten Kameras, die es auf dem Markt gibt. Ihre Fotos sind umwerfend. Noch kann sie nicht davon leben. Und ich bin sicher, dass sie das eines Tages tun wird, wenn sie es möchte. So viel Begabung, Herz, Lebenserfahrung und Mitgefühl will raus in die Welt.

Zum Abschluss unseres Gesprächs sagt sie: „Machen Sie sich keine Gedanken. Ich regele alles. Vielen Dank, dass Sie gekommen sind."

Am liebsten würde ich sie zum Abschied in den Arm nehmen. Das traue ich mich jetzt noch nicht. Vielleicht beim nächsten Mal.

Ich verlasse das Gebäude mit einem Gefühl, ein Wunder erlebt zu haben. Es geht so einfach. Ich möchte, dass jeder Mensch dieses Gefühl einmal erlebt und süchtig danach wird.

März 2010

Immer wieder hatte ich Tage, an denen mich die Vergangenheit einholte. Vor allem, wenn ich mitbekam, was mein ehemaliger Mann mit seiner neuen Freundin unternahm. Das waren oft Dinge, die auch wir zusammen gemacht hatten. Für viele Menschen besteht das Leben zum größten Teil aus Gewohnheit und nur zu einem winzigen Teil aus Überraschungen – aber ist das erstrebenswert?

11. Tube

Die neue Vomex

Oft braucht es nur eine kleine Abweichung von der Gewohnheit, um alles zu ändern. Was es etwa ausmacht, wenn eine leere Stelle fehlt … Das verändert alles. Zack – 180 Grad und andere Richtung.

So war es auch bei der neuen Vomex.

Vomex wird vorbeugend und zur symptomatischen Behandlung von Übelkeit angewendet, insbesondere bei Reiseübelkeit. Die neue Vomex macht ziemlich müde. Da bekommt man nichts mehr von der Reise mit, und es wird einem nur deshalb nicht schlecht, weil man einfach wie betäubt ist und in einen tiefen Schlaf fällt.

Mir wurde als Kind immer schlecht im Auto. Ich weiß noch, dass ich einmal bei meiner Tante im Auto saß. Sie fuhr mich kurioserweise ausgerechnet zum Kinderarzt. Ich war, glaube ich, noch nicht in der Schule, vielleicht etwa fünf Jahre alt. Ich habe nur wenige Erinnerungen an diese Zeit. Und wenn, dann sind es ganz ausgewählte Ereignisse und ich erinnere mich an die allerkleinsten Details.

Ich saß also auf der Rückbank eines hellblauen Mercedes. Der war nicht nur außen hellblau, sondern auch innen. Hellblaues Leder. Die Rückseite des Fahrersitzes war auch hellblau. Dort war ein

Ablagenetz angebracht. Dieses Netz bestand aus runden, hellblauen Gummischnüren rautenförmig geknüpft. Ich weiß das genau, weil ich mich exakt darauf konzentriert habe, bevor es losging. „So ein tolles Auto", habe ich noch gedacht. Wir hatten nur einen Käfer. Wobei ich heute supergerne einen alten Käfer hätte. Damals empfand ich große Ehrfurcht, in so einem wundervollen Mercedes zu sitzen. Mercedes! Wahnsinn.

Wir waren schon vor dem Haus des Kinderarztes angekommen und suchten nur noch einen Parkplatz. Ich hatte vorher ein Würstchen mit Senf gegessen. Es ging nicht mehr. Der Vordersitz war dann nicht mehr hellblau.

Tschuldigung. Eigentlich wollte ich diese Geschichte ja gar nicht erzählen. Tja, was es ausmacht, wenn eine Lehrstelle weg ist. Ach so, du weißt noch nicht, wovon ich spreche?

Eigentlich wollte ich ja nicht von meiner Reiseübelkeit und der neuen *Vomex* sprechen. Es ging mir ja vielmehr um etwas ganz anderes, über das ich früher ganz oft noch nachgedacht habe. Nämlich über die Neue vom Ex. Und da habe ich beim Tippen zwischen *vom* und *Ex* die Leerstelle vergessen. Nur deswegen bin ich auf die neue Vomex gekommen und auf den blauen Mercedes und … Na ja, Entschuldigung nochmal.

Es gibt ja inzwischen mehrere (also Neue vom Ex). Ich habe da einen Fundus an Beispielen, aus denen ich schöpfen kann. Allerdings ist meine Stichprobe nach statistischen Regeln nicht repräsentativ. Nichtsdestotrotz – ich habe folgende Erkenntnis gewonnen und es ist bei allen immer gleich:

Sie ist jünger. Autsch!

Wieso ist das so? Das ist ja ein sehr verbreitetes Phänomen. Das merke ich spätestens, wenn ich mal wieder beim Zahnarzt oder beim Frisör bin und das breite Spektrum der Klatschpresse zur Verfügung habe. Waigel, Münte, Schröder … Ist es wirklich das Alter?

Ich bin inzwischen davon überzeugt, dass es eigentlich gar nicht um die *Neue* geht! Sondern vielmehr darum, das Alte, Gewohnte immer wieder zu erleben. Wie ein Computerprogramm, das immer wieder von vorne abläuft. Ist die Märchenburg kaputtgegangen, dann wird sie einfach genau so wieder aufgebaut. Nur mit einem neuen Schneewittchen halt.

Gut zu beobachten war das beim früheren französischen Staatspräsidenten. Unfassbar: Der hat doch seiner Neuen den gleichen, außergewöhnlichen teuren Brillantring geschenkt wie seiner Ex-Frau. Hallo, geht's noch? Wäre ich Carla Bruni und würde in der Morgenzeitung das Foto sehen, auf dem meine Vorgängerin genau den gleichen Ring trägt, wie der, den er mir gerade in Verbindung mit einem Heiratsantrag geschenkt hat, dann hätte ich schon ein ziemlich doofes Gefühl.

Unsere erste Wohnung zum Beispiel war eine Dachgeschoss-Maisonette-Wohnung. Vor mir wohnte er mit seiner Freundin in einer Dachgeschoss-Maisonette-Wohnung. Und heute wohnt er ... Na? Genau, in einer Dachgeschoss-Maisonette-Wohnung. Nein, es war nicht immer dieselbe Wohnung, aber ziemlich ähnlich.

Ein anderes Beispiel. Am liebsten ging, geht und wird er wahrscheinlich sein ganzes Leben lang zum selben Lieblingsitaliener essen gehen. Durch die Türe, dann rechts und am liebsten auf den Platz auf der Bank hinten an der Wand. Ich saß früher immer gegenüber. Und heute sitzt die Neue dort auf diesem Platz. Am liebsten aß, isst und wird er wohl immer noch rohen Thunfisch mit Sojasoße essen.

Wie viele Frauen tragen wohl die ringförmige Kette mit einer dicken, dunklen Tahitiperle? Herrje. Ich mache mir ja immer die gleichen Gedanken ...

Immer die gleichen ... Gedanken ... Und werde auf einmal ... so müüüüüüde ...

Nie mehr nehme ich diese neue Vomex ... Versprochen.

April 2010

Kaum war ich mal ein paar Stunden aus dem Haus, sah es aus, als hätte eine Bombe eingeschlagen. Alle hatten mir gesagt, dass man diese Phase nicht verändern, sondern nur überleben kann. Mein Kind war in die Pubertät gekommen. Sie sagte alles ab – Reiten, Tanzen, Hockey – und hing nur noch ab.

Mai 2010

Mir selbst fiel es auch immer schwerer, morgens aufzustehen. Häufig stellte ich mir die Frage nach dem Sinn meines Daseins. Was sollte nach meinem Tod noch auf dieser Welt weiterleben?

Mein Kind und ich befanden uns gemeinsam in einem psychischen Zustand der Unsicherheit: Pubertät und Midlife-Crisis. Beides sind natürliche Zustände, auch wenn sie nerven. Vor allem aber sind sie wunderbare Gelegenheiten, das zu tun, was wir wirklich wollen.

12. Tube

Mach, was du willst!

Was ist eigentlich die Midlife-Crisis genau?

Laut Wikipedia ist mit dem Begriff ein psychischer Zustand der Unsicherheit im Alter von 30 bis Anfang 50 gemeint. Im Unterschied zu seelischen Störungen im engeren Sinne bestehe keine eindeutige Abgrenzung einerseits zum natürlichen, gesunden Seelenleben und andererseits zu spezifischen psychischen Störungen. Es ist eine Phase im Leben, die jeden trifft. Den einen mehr, den anderen weniger. Es taucht das Gefühl auf: „Eigentlich kann es ja nicht mehr besser werden. Ab jetzt geht's nur bergab." Und dagegen rebellieren wir – also die, die in der Krise sind – erst einmal kräftig. Männer kaufen sich ein Motorrad und holen die alte Lederkombi raus. Frauen belegen gerne Tangokurse und ziehen höhere Schuhe an. Trennungen finden zuhauf statt und es gibt lauter neue Vomexen und Vomexinnen – wir kennen es zur Genüge.

Und jetzt sag mir mal einer: Was ist der Unterschied zur Pubertät? Auch das ist ein psychischer Zustand der Unsicherheit, allerdings im Alter von zwölf bis etwa 18. Auch hier höre ich immer wieder die tröstenden Worte, es sei ein natürlicher Zustand – obwohl ich das manchmal nur sehr schwer glauben kann. Es ist eine Phase im Leben, die jeden trifft. Manche mehr, manche weniger.

Passt doch alles, oder? Die Jungs ziehen sich Hosen an, die so weit herunterrutschen, dass der Hintern rausschaut. Die Röcke der Mädchen werden immer kürzer. Und Schluss mit dem Freund machen die Kids in diesem Alter im Monatsrhythmus. Also wo bitteschön ist der Unterschied?

Die Gespräche der Erwachsenen handeln von Trennungen und wie blöd der Partner oder der Ex-Partner ist: „Weißt du, was er oder sie jetzt schon wieder gemacht hat?" – „Er hat nur einmal den Rasen gemäht. Ein einziges Mal!" – „Immer soll ich an allem Schuld sein." – „Jetzt will sie sogar alleine in den Urlaub fahren." – „Er zieht mit ihr in ein neues Haus. Und das Bad ist viel schöner als in unserem alten Haus." – „Er kauft seinen Kindern ein viel schöneres Auto als meinen." – „Jetzt ist nicht nur meine Freundin weg. Sie will mir auch noch mein Boot wegnehmen."

Und bei den Pubertierenden? Da werden die Seelentiefs demonstrativ ausgelebt: „Mir geht's total schlecht, weil … sie nicht mit mir gehen will." – „…die Lehrer alle sooo gemein sind." – „… mein Vater so oft weg ist." – „… meine Mutter immer da ist."

Du lieber Himmel! Je genauer man hinsieht, desto mehr ähneln sich die Verhaltensweisen. Und das Irre ist: Es nervt uns bei unseren Teenagern – mich jedenfalls. Und bei uns selbst merken wir oft gar nicht, dass wir es ganz genauso machen. Bei unseren Kindern schütteln wir den Kopf über deren „Probleme". Und bei uns Erwachsenen? Sind das überhaupt echte Probleme? Ich glaube, dass unsere Kinder auch mit dem Kopf schütteln, wenn sie uns hören.

Unser Leben ist ja ein geschlossener Kreislauf – von der Geburt bis zum Tod. In der ersten Hälfte herrschen die aufbauenden Kräfte und in der zweiten Hälfte die abbauenden. Man spricht hier von Spiegelung. Phasen in der ersten Lebenshälfte finden sich spiegelverkehrt in der zweiten wieder. Mein Spiegelalter ist 15. Also bin ich ja jetzt quasi wieder in der Pubertät! Damit wird mir jetzt endlich klar, was mit mir los ist. Und ich bin sehr dankbar, eine Tochter im Pubertätsalter zu haben. Wir machen praktisch das Gleiche durch.

Und das ist gut so. Wo wären wir ohne Pubertät und Midlife-Crisis? Hier haben wir alle eine riesengroße Chance, das zu tun, was wir wirklich wollen. Hat es beim ersten Mal nicht geklappt, gibt es ja noch die zweite Chance.

24. Dezember 2010

Wir hatten vereinbart, dass unsere Kinder abwechselnd Weihnachten bei Mama und Papa verbringen würden. Dieses Jahr waren sie bei ihrem Vater. Da ich Weihnachten nicht alleine feiern wollte, entschied ich mich, zu meinen Eltern zu fahren.

15. Januar 2011

Ich traf einen alten Bekannten wieder. Ich hatte ihn schon immer toll gefunden. Würde das die Liebe meines Lebens werden? Er war ganz anders als alle Männer, die ich bisher kannte. Sehr schnell kamen wir zusammen.

Juli 2011

Wir verbrachten zu zweit einen wunderschönen Urlaub und segelten an der amerikanischen Ostküste von New York nach Newport. Wir waren glücklich.

24. Dezember 2011

Weihnachten ist die Nagelprobe für Getrennte, Geschiedene, Singles und Paare. Vielen graut davor, denn in vielen Familien spielen sich Dramen ab.

13. Tube

Alle Jahre wieder

Wie war Weihnachten in diesem Jahr? Klassisch oder verrückt? Heile, heile Gänschen oder Drama? Richtig schön war's. Insbesondere nach dem Drama im letzten Jahr. Da verließ ich Heiligabend um halb drei die traute Kaffeetafel und brach damit den familiären Weihnachtsfrieden. Ich konnte einfach nicht mehr.

Was war passiert? Wir saßen um den Esstisch. Mama, Papa, einer meiner Brüder mit Frau und ich. Ich alleine, weil meine Kinder bei ihrem Papa waren. So saß ich also am eichenen Familientisch, nur ich als Barbara. Plötzlich fühlte ich mich um 35 Jahre zurückversetzt in alte Zeiten. Unglaublich, wie plötzlich diese uralten Gefühle auftauchten, als sei ich wieder mittendrin in der alten Zeit, auf meinem alten Platz sitzend, auf der alten Eckbank mit dem Blick auf die Felder. Nichts hatte sich verändert. So wie im Film *Die Feuerzangenbowle*: Fünf alte Herren, unter ihnen Heinz Rühmann in der Rolle des Pfeiffers mit drei f, sitzen zusammen und erinnern sich an alte Geschichten. Genau das passierte bei mir. Ich erinnerte mich nicht nur schwarzweiß, sondern ich war auf einmal mitten im alten Geschehen – in Farbe und 3D.

Wow! Unglaublich, wie aus dem Nichts auf einmal uralte Gefühle präsent sind, als ob es gestern wäre. Wo steckten die wohl? In welchen Zellen und an welchen

Stellen in unserem Körper verbergen sich jahrzehnte-
alte Erlebnisse?

Da saß ich also, und es wurde geredet wie immer.
Über die Menschen im Nachbardorf, über das spiritu-
elle Zentrum, das dort aufgemacht hat und über den
Guru, der den Besuchern „das Geld aus der Tasche
zieht". Statt einfach über diese Sichtweise zu lachen
und mich zurückzulehnen und die leckeren Plätzchen
zu genießen, war ich voll drin in meinem alten Film
*Barbara – die Retterin der Unterdrückten und Außen-
seiter*. „Das ist doch wohl Sache eines jeden selbst,
wofür er sein Geld ausgibt", entgegnete ich hitzig und
meinte den Guru, den ich gar nicht kenne, verteidigen
zu müssen. Herrje, die Pferde gingen innerlich mit mir
durch. Ich selbst war plötzlich gar nicht mehr frei.

Zu Beginn der *Feuerzangenbowle* fragt einer der
Herren seine ehemaligen Klassenkameraden: „Warum
tut man das eigentlich? Warum macht man diesen Ulk
mit seinen Lehrern?" Ja, warum? Warum kämpfte ich
so – äußerlich und innerlich? Warum regte ich mich so
auf? Warum musste ich mich dagegen auflehnen –
damals und heute noch immer? Jeder kann doch
denken, was er will und sagen, was er will. Hauptsache,
das Weihnachtsgebäck schmeckt lecker – oder nicht?
Ich hatte darauf keine Antwort. Hier, am Esstisch
meiner Eltern, mit der Sitzordnung von vor Jahr-
zehnten, kam ich nicht aus den alten Mustern heraus.

Und so stand ich Heiligabend vor einer Entscheidung: Mache ich jetzt weiter wie vor 35 Jahren, bleibe sitzen und unterdrücke meine Gefühle, um den Frieden zu wahren – oder mache ich es anders? Ich entschied mich für Letzteres. „Barbara, du bist jetzt 47 alt Jahre und Diplom-Kauffrau, du machst das jetzt mal anders!", sagte ich innerlich. Äußerlich stand ich auf mit den Worten „Ich gehe." und ging. Buuummm.

Einerseits fühlte ich mich grausam als weihnachtlicher Molotow-Cocktail. Andererseits war es ein unglaublich befreiendes Gefühl. Alle meine Erinnerungszellen drehten sich in diesem Moment um, als ob sie jetzt von einem starken, hufeisenförmigen Magneten von der anderen Seite angezogen würden. Etwas benommen setzte ich mich ins Auto und fuhr los. Meine Gefühle liefen crazy. Was war das jetzt? Wenn schon denn schon, schoss es mir durch den Kopf. Ich fuhr zum Frankfurter Flughafen, parkte mein Auto, ging zum Abflug und stellte mich vor die Anzeigetafel: Moskau, Dubai, München, Lissabon waren die letzten Flüge für den heutigen Tag. Meine Tasche war gepackt und ich wollte schon immer mal spontan wegfliegen.

Ich ging zum Schalter und sagte: „Ich will weg."

„Wohin?", fragte der Mann hinter dem Schalter.

Ich drehte mich um schaute nochmal auf die Tafel. Plötzlich wusste ich genau, was ich wollte: „Lissabon."

Fünf Minuten später hatte ich mein Ticket. Vier Stunden später saß ich in einem kleinen, netten Hotel direkt am Rosio, einem wunderschönen Platz in Lissabons Stadtteil Baixa. Irgendwie schauten mich alle ein wenig verwundert an. Der Mann vom Flugschalter, der Taxifahrer, dem ich nur „Hotel romantico" sagte, die Rezeptionistin und ich mich selbst auch. Ich öffnete eine kleine Flasche Prosecco und trank auf das verrückte Weihnachten.

Und Weihnachten in diesem Jahr? Moskau oder Dubai? Hamburg. Ganz einfach Hamburg. Entspannt. Nichts musste. Alles durfte. Nur zwei Wochen vor Heiligabend hatte ich kaum Geschenke besorgt. Trotzdem habe ich mich nicht stressen lassen, ganz nach dem Motto: Wir haben es warm. Wir haben zu essen. Alles ist gut. Alles andere darf Spaß machen. Mein neuer Freund, mein Bruder, seine Familie und eine Freundin sind gekommen. Alle haben etwas zu essen mitgebracht. Gemeinsam haben wir noch gekocht. Wer wollte, ist in die Kirche gegangen. Der Weihnachtsbaum war eine abgesägte Tannenspitze aus dem Garten – ein bisschen schräg und nur an einer Seite waren Äste. Die Plätzchen, die doppelten mit Marmelade dazwischen, schmeckten besonders lecker.

Alle Jahre wieder kommt das Christuskind … und jedes Mal kann es anders sein, wenn du willst. Vielleicht ziehst du Konsequenzen wie Pfeiffer mit drei f und lässt es mal so richtig krachen. Oder du pflegst die

Traditionen. Drama oder Gans – wichtig ist nur, dass du dich selbst entscheidest.

Januar bis April 2012

Mein Freund verkaufte seine Firma und wollte die Welt bereisen. Ich wollte in Hamburg bleiben. Er saß gerne auf dem Boot oder im Auto. Ich war gerne zu Fuß und auf dem Fahrrad unterwegs. Wir hatten keine gemeinsamen Ziele. Ich fragte und bekam kaum noch Antworten. Sprachlosigkeit machte sich breit.

14. Tube

Schluss mit Billy

Ich sitze im IKEA Einrichtungshaus. Ich bin aufgeregt – sehr aufgeregt. Fast zwei Jahre waren wir zusammen. Die erste längere Beziehung nach meiner Ehe. Zwei spannende Jahre mit viel Veränderung. Jetzt sitze ich hier am weißen Tisch auf einem weißen Stuhl im Restaurant des IKEA Einrichtungshauses.

Drei Wochen hatte er sich nicht mehr gemeldet, auf keinen meiner Anrufe reagiert. Er brauche Zeit zum Nachdenken. Eigentlich war die Sache damit doch schon klar. Nur der Mut fehlte ihm an dieser Stelle, oder? Ich hatte noch mehrere Anläufe gemacht, um im Gespräch zu bleiben. Irgendwann kommt doch immer der Punkt, an dem man sich füreinander entscheidet und sich auseinandersetzt – oder doch lieber eine neue Vomex sucht. An so einem Punkt waren wir – also er. Nennen wir ihn Billy. Das passt so schön. Schnell im Auf- und Abbau. Eine Freundin von mir sprach immer vom „blauen Klaus". Das ist auch gut. Vielleicht der „blaue Billy". Das passt am besten – sehr einzigartig. Nur das Leben schreibt solche Geschichten. Schließlich erklärte er sich dann doch zu einem Gespräch bereit.

Per SMS ging es um die Frage, wo wir uns treffen.

Ich: „Wie wär's mit dem Ahoi?" Das ist ein Kiosk am Elbstrand mit freiem Blick und lockerer Atmosphäre.

Der blaue Billy: „Nein. Kann nicht davor parken. Besser bei IKEA."

Wie gesagt, das Leben schreibt die besten Geschichten, nicht wahr? Ich brauchte lange, um meine Fassung zurückzugewinnen. Zum Glück haben wir nicht gesprochen, sondern nur SMS geschrieben. Gefühl rausnehmen, umdrehen und wieder reintun. Nach drei Stunden hatte ich es geschafft. Eine Freundin half mir: „Barbara, in der IKEA-Kantine ist es schön hell. Da scheint die Sonne rein. Ich treffe mich da auch öfters mal zum Essen."

Ich simste: „Okay, IKEA. Morgen um 11."

Um 10.40 Uhr sitze ich im IKEA Einrichtungshaus in Hamburg-Schnelsen und warte. Ich habe mir einen schönen Platz in der Sonne gesucht und einen frischen Obstsalat geholt. Ich fühle mich gut. Neben mir sitzt ein älterer Herr um die 80. Er trägt eine dunkelgrüne Lodenweste, ein kariertes Hemd. Neben ihm über der Stuhllehne hängt ein beiger Popelinemantel und auf dem Tisch liegt ein Lodenhut mit einer Feder dran. So einer, den die Jäger tragen. Der ältere Herr sitzt da und trinkt Kaffee. Unsere Blicke kreuzen sich. Wir lächeln uns an.

Er fragt: „Warten Sie auf jemanden, der einkauft?"

Ich: „Nein. Ich warte auf jemanden, mit dem ich hier verabredet bin. Warten Sie auf jemanden, der einkauft?"
Er: „Nein. Ich habe einen Teddy für meine Enkelin gekauft und jetzt trinke ich einen Kaffee. Ich bin öfters hier. Hier sitzt man so schön."

Ich: „Ja. Hier sitzt man schön."

Ich bin ganz gerührt. Das kann doch kein Zufall sein, dass dieser Herr jetzt hier sitzt. Hat der vielleicht weiße Flügel auf dem Rücken und ist mir geschickt worden? Offenbar spürt er, welche Wirkung er auf mich hat und setzt die Unterhaltung fort.

„Ich überlege jetzt, ob ich mir auch einen Teddy kaufe – für mich."

Ich: „Ach, das ist ja eine schöne Idee. Zum Kuscheln?"

Er: „Ich traue mich ja eigentlich nicht, das zu erzählen. Nicht jedem kann ich so was sagen. Aber Sie sehen so aus, als ob Sie das verstehen …"

Jetzt werden tatsächlich meine Augen feucht. Ich lächele dankbar.

„Ich setze ihn auf meine Couch oder ich nehme ihn mit ins Bett. Er ist so schön weich und ich habe etwas neben mir liegen."

Unser Gespräch berührt mich. Noch nie habe ich mich mit einem Unbekannten so intensiv unterhalten. Wir sprechen darüber, im Moment zu leben und zu genießen und wie schön das ist. Er spricht davon, dass seine Kinder und seine Freunde eigentlich nur jammern. Er liest Bücher, die vom Leben im Jetzt handeln und dass ihn das im Alter immer zufriedener gemacht hat. Er könne mit niemandem darüber sprechen, die, die er kennt, seien nicht offen dafür. Jetzt bin ich sicher. Dieser ältere Herr ist tatsächlich ein Engel und sitzt hier für mich.

Inzwischen sind etwa 25 Minuten vergangen und er fragt mich: „Warum lässt derjenige, mit dem Sie verabredet sind, Sie denn so lange warten? Das würde ich nicht tun. Wieso lässt man denn jemanden wie Sie warten?"

„Ja, warum lässt er mich so lange warten? Warum warte ich überhaupt so lange?", denke ich und erwidere: „Er kommt bestimmt gleich."

Ich bin jetzt ganz friedlich. Ich bin ganz im Moment – entspannt und bei mir. Das hat sich doch alles schon gelohnt. Mein persönlicher Engel im IKEA Einrichtungshaus. Der Tag ist wunderlich und wunderschön.

86

Fünf Minuten später kommt der blaue Billy. Wir begrüßen uns. Auch mein Engel begrüßt ihn mit einem freundlichen Kopfnicken. Wir reden. Ich weiß nicht mehr richtig, was. Ich merke, dass mein Engel uns aus den Augenwinkeln beobachtet. Erst auf meine Frage hin, wie es denn nun weitergeht, antwortet Billy, dass seine Gefühle nicht ausreichen für eine Beziehung. Das war klar. Ich bin mit meinen Gedanken schon woanders.

Dann steht mein Engel auf. Er zieht seinen Mantel an, setzt seinen Hut auf und beugt sich zum blauen Billy hinunter: „An Ihrer Stelle würde ich diese tolle Frau nicht so lange warten lassen. Auf Wiedersehen." Er lächelt mir zu und geht. Nein – er schwebt davon.

Noch heute erinnere ich mich voller Dankbarkeit an diese Geschichte. Ist das wirklich passiert? Eines ist sicher. Es ist immer jemand bei mir.

Mai 2012

Mein IKEA-Engel war ein großes Geschenk – und trotzdem holten mich immer wieder alte Gedanken ein. Ich war hin- und hergerissen zwischen der Vergangenheit und den vielen neuen Dinge, die ich noch erleben wollte.

15. Tube

Mitleids-Crisis

Midlife-Crisis die Zweite.

Ich wache auf. Der Wecker zeigt 4.47 Uhr, die Vögel singen. Es ist ganz friedlich und ruhig. Ich fühle mich ausgeschlafen. Und trotzdem … Ich mag es gar nicht sagen, weil ich es nicht noch schlimmer machen will … Trotz allem Guten denke ich: „Ob ich das wohl schaffe?"

Ich merke schon, wie mir bei diesem Gedanken ein wenig übel wird, obwohl ich ja noch gar nichts gegessen habe. Im gleichen Moment wird mir klar, dass es der Gedanke ist, der mir die Übelkeit bereitet. Ich hole tief Luft und atme lange aus. Vorhang auf für einen wohlbekannten inneren Dialog …

„Natürlich schaffst du das. Warum nicht? Du hast bisher alles geschafft", sagt eine liebevolle Stimme in mir.

„Ja, aber jetzt hat es schon wieder nicht geklappt. Ob ich noch einmal jemanden finde, mit dem ich …", meldet sich mein ängstlicher Teil.

„Ohh, stopp!", ruft jetzt der ungeduldige Teil in mir. Ich habe Mitgefühl und Verständnis für mich selbst. Ich habe ja schließlich noch mein halbes Leben vor mir, da ist es doch ganz „normal", zwischendurch zu zweifeln und sich Sorgen zu machen. Nur was bringt das jetzt?

„Aber wenn ich das nicht …", meldet sich die ängstliche Stimme wieder.

„Stohopp!" Genau davon habe ich manchmal die Schnauze voll. Manchmal möchte ich mein eigenes Gejammere einfach nicht mehr hören. Wahrscheinlich, weil ich selbst merke, dass es mich nicht weiterbringt. Zugegeben, in diesem Moment tut ein wenig Trost schon ganz gut, aber dauerhaft besser fühle ich mich danach nicht. Oder doch?

Wo endet eigentlich Mitgefühl und wo fängt Mitleid an? Habe ich vielleicht irgendwann selbst genug von meinen Zweifeln, weil ich dann anfange, mich nicht nur zu trösten, sondern zu bemitleiden? Denn dann dreht sich die Abwärtsspirale immer schneller.

Unser Nachbarskind Marita ist 14 Jahre alt. Sie war kürzlich bei uns und erzählte von einer Klassenkameradin, die seit einem halben Jahr in der Klasse ist. Alle kümmern sich intensiv um die Neue, weil sie den ganzen Tag erzählt, wie schwer sie es hat und dass sie sich gar nicht leiden mag. In jeder Pause verbringen die Mädchen Zeit mit ihr, hören ihr zu und trösten sie. Es gibt kaum noch ein anderes Thema. Kürzlich ist Marita aufgefallen, dass sie richtig Kopfschmerzen bekommen hat, als sie noch vor Schulbeginn wieder zehn Minuten lang dem Leiden zugehört hat.

Daraufhin hat sie beschlossen: „Ich höre mir das jetzt nicht mehr an!" Und jetzt sind die anderen Mädchen enttäuscht von ihr, weil sie so herzlos sei.

Wie viel Mitgefühl und Mitleid sind gut?

Ich erinnere mich an das Mitgefühl beim Kranksein als Kind. Oh, wie schön das war. Zum Glück gab es damals die Sechsfachimpfung noch nicht, die fast alle Kinderkrankheiten ausschaltet. Die Masern zum Beispiel: Schon die roten Flecken am ganzen Körper sahen schlimm aus. Eine Woche lag ich im Bett und wurde verwöhnt. Es gab lecker Joghurt, ein neues Micky Mouse-Heftchen, Streicheleinheiten, keine Schule, keine Hausaufgaben ... Himmlisch – das ließ mich schnell wieder gesund werden.

Es lohnt sich, genauer hinzusehen. Wann genau ist Trost gut und sinnvoll? Und wann wird Jammern zum Programm, um Aufmerksamkeit zu bekommen und das Leid an andere loszuwerden? Wann lähme ich mich selbst durch mein Selbstmitleid und sollte besser damit aufhören? Und wo beginne ich dann, meine Gefühle zu unterdrücken? Will ich Aufmerksamkeit von jemand anderem, könnte ich ja auch sagen: „Hey, machen wir was zusammen?" Oder zum Partner: „Bitte nimm mich mal ganz lange und fest in den Arm." Warum denn einen Umweg nehmen und erst leiden und jammern?

Und bei mir selbst – warum habe ich mich denn bisher selbst bemitleidet, zum Beispiel für die vielen Dinge, um die ich mich kümmern muss? Statt mich jeden Tag dafür zu loben, was ich bisher schon alles Wundervolles geschafft habe und mir mal richtig gutzutun? Das fühlt sich doch so viel besser an!

Ab jetzt hole ich das große rote Schild raus, wenn ich mich jammern höre und rufe „Stopp!". Und dann erzähle ich mir so lange, bis ich mich besser fühle, was an mir toll ist. Wenn das nicht funktioniert, spiele ich mit mir *Armer schwarzer Kater*. Dabei bemitleidest du den anderen so lange aufs Jämmerlichste, bis er lachen muss. Dann hast du gewonnen. Das Gleiche mache ich bei den Menschen um mich herum. Denn wie gesagt: Wo wären wir ohne Pubertät und Midlife-Crisis? Hier haben wir alle eine riesengroße Chance, das zu tun, was wir wirklich wollen …

… solange die Crisis nicht zur Mitleids-Crisis wird.

Juni 2012

Ich vermisste den blauen Klaus nicht – und manchmal wäre es so viel einfacher gewesen, jemanden an meiner Seite zu haben. Was täte ich ohne meine Freunde, deren Hilfe ich oft annehme? Ich danke meinen Freundinnen und Freunden, die da sind, wenn ich sie brauche.

16. Tube

Ode an Ulla und alle Hidden Champions der Welt

Jeder Mensch braucht Freunde, Hilfe und Unterstützung. Dabei sind die unauffälligsten Menschen oft die größten Helden. Was wäre die Welt ohne sie? Deshalb möchte ich mich hier bei allen heimlichen Gewinnern bedanken.

Vor allem dir, liebe Ulla, will ich danken. Ich habe das schon oft getan, wenn du bei mir warst und mir geholfen und beigestanden hast. Immer hatte ich das Gefühl, dass es nicht dem gerecht wird, was ich wirklich von dir bekomme. Deshalb möchte ich mich hier einmal ganz öffentlich bei dir bedanken.

Ich danke dir, dass du mir während der Trennung so viel Mut gemacht hast. Von dir kamen nicht einfach nur ein paar optimistische Sprüche wie „das wird schon wieder" oder „die Zeit heilt alle Wunden." Das war viel mehr. Du hast ein tiefes Verständnis dafür, was in dieser Lebensphase in einem Menschen vorgeht, den du hast es selbst erlebt. Und das in einer Zeit, in der viele Dinge schwieriger waren als heute. Wir haben heute Bücher, Filme, Seminare, Coaching … Wir können heute offen über die Dinge sprechen, die uns belasten, und es gibt so viele Wege, die wir gehen können. Du warst damals ganz allein damit und hattest vier kleine

Kinder – vier Jungs. Du hast das alles alleine gewuppt. Hast das Geld alleine verdient. Ich frage mich oft, wie du das alles geschafft hast.

Du wusstest immer, was in mir vorgeht, denn du hast dir die Zeit genommen, es zu verstehen. Alleine das hat mir schon so viel gegeben. Dabei kommt ein Gefühl der Ungerechtigkeit in mir hoch. Warum sind Menschen, die so viel bewirken wie du, so unsichtbar? Ungeschliffene Diamanten, denke ich oft. Nur wenige Menschen sehen ihren Wert. Eher wie ein Stück Glas: Erst wenn es geschliffen wurde und in der Auslage eines edlen Juweliers auf Samt gebettet ist, werden Menschen aufmerksam und zahlen tausende von Euro dafür.

Nicht nur für mich warst und bist du immer da – auch für meine Kinder. Was hätten wir ohne dich gemacht? In Zeiten der Unsicherheit, wenn ich kaum Kraft hatte, hast du ihnen Sicherheit gegeben. Einfach, weil du für sie da warst. Du hast ihnen beim Spielen zugeschaut, du hast ihnen vorgelesen, ihnen Geschichten von früher erzählt. „Oh Ulla, erzähl uns bitte, bitte ein paar Geschichten von früher!", haben sie gebettelt. Und dann hast du losgelegt und bist zur Höchstform aufgelaufen. Nicht nur die Kinder hingen an deinen Lippen. Ich liebe die Geschichten aus den Sechzigerjahren, in denen du dich als junge Frau als Delfin-Trainerin beworben hast. Einfach so, weil du Tiere liebst und sie besser verstehen kannst als alle, die ich sonst kenne. Du hast dich getraut, mit den Delfinen zu schwimmen. Du hast mit ihnen gespielt, gearbeitet und Menschen in Shows unterhalten. Du hast sie auch beschützt vor den geschäftsgetriebenen Machern. Du hast die Delfine verstanden. Später bist du in der Anfangsphase von Greenpeace nach Neuguinea gereist und hast Schildkröten gerettet. Ach Ulla – und das zu einer Zeit, in der es noch gar keine Umweltbewegung gab!

Du bist selbst oft verzweifelt. Verzweifelt darüber, wie Menschen mit Menschen und Menschen mit Tieren umgehen. Du ziehst dich oft zurück, weil du traurig bist. Eigentlich müsstest du auf allen Bühnen dieser Welt auftreten, weil du so viel Weises und Wertvolles in dir hast, was unsere Menschheit braucht. Ich erinnere mich noch daran, dass du vor ein paar Jahren beim Casting für ein Theaterstück mitgemacht hast. Natürlich hast du die Rolle bekommen. Im Deutschen Schauspielhaus hast du auf der Bühne gestanden. Nein – du bist die Gala-Treppe heruntergeschritten und hast ganz alleine das Lied *I wanna be free!* geschmettert. Wow. Du bist unglaublich!

Wir lachen so viel zusammen. Ich kenne keine Frau in deinem Alter, die so lustig ist. Manchmal liegen wir alle unterm Tisch vor Lachen. Du gehst so fein und witzig mit Sprache und Wörtern um. Ich liebe dein „Poppmonnaie" und die „Pengsion". Du bist so belesen und weißt über so viele Dinge auf der ganzen Welt Bescheid. Du kraulst die Kinder, du nimmst mich in den Arm und streichelst mich, so dass ich mich ganz aufgehoben fühle. Du bist mein Hidden Champion.

Ich wünsche mir, dass deine Träume wahr werden. Dass du nach Südafrika und in viele andere Länder reist. Dass du in einem warmen Land lebst. Dass du mit Elvis' Liedern auftrittst. Und ich wünsche mir, dass deine Geschichten aufgenommen werden als „Oma Ulla erzählt …".

Ich sage aus tiefem Herzen: Danke, liebe Ulla. Und selbst in diesem Buch fühlen sich die Worte an, als wären sie noch längst nicht ausreichend.

Juli 2012

Ich erinnerte mich immer wieder an mein Wiesenblumenerlebnis als Kind. Auch durch gemeinsame Erlebnisse mit Freunden und Bekannten wurde mir immer klarer, dass es noch viel für mich zu entdecken und zu erleben gab.

10. Juli 2012

Ich hatte die Idee, einen meiner besten Freunde und seine Familie in New York zu besuchen.

17. Juli 2012

Ich bestieg mit meinen Kindern einen Flieger der United Airlines, Ziel: John F. Kennedy International Airport New York City. Wir verbrachten eine wundervolle Woche mit Shopping in Soho, auf dem Broadway, im Central Park, an der Freiheitsstatue, im MoMA, auf dem Empire State Building … New York lag uns zu Füßen.

14. August 2012

Ich sah die Welt wieder in bunten Farben. Ein Energieschub erfasste mich. Ging das nur mir so?

17. Tube
Liebe im Augenblick

Frühmorgens im Bus, Hamburger Innenstadt. Alle Plätze sind besetzt. In sich versunken hängen die Menschen auf ihren Sitzen. Ein Mann schaut mit leerem Blick nach draußen. Das junge Mädchen gegenüber blickt durch halb geöffnete Augenlider in ihr Smartphone. Ein junger Typ hat Stöpsel in den Ohren, die Augen geschlossen und hört Musik. Im Bus hängt eine schläfrige Trägheit. Was denken die Menschen gerade?

Eine ältere Frau schaut ganz grimmig. Über ihrer Nasenwurzel haben sich zwei senkrechte Falten gebildet. Oh, die macht sich bestimmt keine guten Gedanken! Manchmal schaut mich jemand an – nur für den Bruchteil einer Sekunde – und dann sofort wieder weg. Bloß keinen Kontakt. Ich sehe geöffnete Augen, und trotzdem scheint der ganze Bus zu schlafen. Alles voller Menschen, und doch scheint niemand da zu sein.

„Halloo – ist hier jemand?", möchte ich rufen. „Sieht mich jemand?"

Mein Blick wandert zu einer jungen Frau Ende zwanzig. Sie sitzt mir schräg gegenüber, etwa fünf Meter entfernt. Sie schaut mich an. Wirklich anschauen meine ich! Sie geht nicht einfach mit ihren Augen über mich hinweg wie ein Scheibenwischer über die nasse Windschutzscheibe. Ich spüre regelrecht, wie mein Abbild auf ihre Netzhaut projiziert und in ihr Gehirn übertragen wird.

Wow! Bam! Sie sieht mich! Ich fühle das. Wir lächeln uns an und halten den Blickkontakt. Eine Sekunde, zwei, drei Sekunden. Eine ganze Ewigkeit für einen Blickkontakt im öffentlichen Stadtbus. Wir drehen beide den Kopf wieder weg. Ich denke an sie und genieße dieses wohlige Gefühl. Jetzt bin ich in Gedanken bei ihr. Ich weiß, dass auch sie jetzt an mich denkt, vielleicht so etwas wie: Ach, da ist ja noch jemand im Bus, der gute Laune hat. Oder: Die sieht ja nett aus.

Wir schauen uns wieder an. Jetzt müssen wir beide sofort lachen. Ohne etwas zu sagen, gehe ich mit ihr in einen inneren Dialog.

„Du bist ja gut drauf." – „Ja, du auch. Die anderen schlafen alle. Das ist lustig."

„Ja, die sind irgendwo anders. Nur wir sind wach. Ich freue mich, dass ich dich hier getroffen habe. Wie geht es dir?" – „Mir geht es sehr gut. Ich habe dich noch nie zuvor gesehen und trotzdem das Gefühl, dass wir uns schon lange kennen. Ganz vertraut. Geht es dir auch so?"

„Ja, mir geht es genauso. Komisch, nicht?"

Wie soll ich das Gefühl nur beschreiben, ohne dass es komisch klingt? Ich fühle mein Herz. Ich fühle eine sehr enge Verbindung zu einer fremden Frau. Ich fühle eine innere Berührung. Ich fühle mich gesehen und geliebt. Mensch, das klingt ja echt doof – und es ist so. Punkt. Mir doch egal, was jemand anderes jetzt denkt!

Der Bus hält an. Sie steht auf und geht zur hinteren Tür. Sie dreht ihren Kopf zu mir, lächelt und winkt zum Abschied. Ich lächele und winke zurück. Sie ist weg.

Was war das denn? Ich denke an meine letzte Partnerschaft. Da hatte ich einmal so einen Moment. Wir haben uns in die Augen geschaut und ich hatte das Gefühl, dass sich unsere Seelen berühren. Ich sah ihn und er sah mich, so ganz mit dem Herzen. Frei von irgendwelchen Erwartungen, Meinungen oder sonstigen Gedanken. Einmal in drei Jahren …

Ich fühle mich unglaublich leicht. Der Tag hat gerade erst angefangen und ist schon jetzt ein gelungener Tag. Ist das Liebe – eine intensive Beziehung zu einem anderen Menschen in sich zu spüren? Dabei ist es offensichtlich nicht so wichtig, wie lange oder gar ob ich jemanden kenne.

Für ein so großes Gefühl braucht es nur einen kleinen Augenblick.

August 2012

Immer wieder gab es diese wundervollen Momente: Ich lief im Morgengrauen über die Felder und beobachtete ein Fuchspaar. Ich lief am Abend am Elbufer entlang, und die untergehende Sonne tauchte das Wasser in ein leuchtendes Orange. Immer waren es die einfachen Dinge, die mir die größten Glücksgefühle bereiteten. Ich fragte mich: Wie sieht eine glückliche Beziehung aus? Wie geht das, immer verliebt zu sein? Ich fand eine Antwort auf meine Fragen.

18. Tube

Schmetterlinge im Bauch

Schmetterlinge im Bauch zu haben – ist das nicht das schönste Gefühl der Welt? Alles sieht so anders aus, alles ist nur schön. Man springt aus dem Bett und freut sich auf den ganzen Tag ...

Heute waren wir im Schmetterlingsgarten. Oh wie wundervoll! Überall flatterten große und kleine Schmetterlinge herum. Die größten waren so groß wie deine Hände, wenn du sie an den Daumen aneinanderhältst. Blaue, schwarz-rote, orangene, die schönsten Muster haben wir gesehen. Die Schmetterlinge sind so zarte Wesen, die absolut geräuschlos ihre Flügel bewegen und durch die Luft tanzen. Hunderte bewegten sich hier spielerisch durch den Tropenwald.

Wenn es doch nur immer so wäre! Am Anfang sind wir so verliebt, und wir können uns nicht vorstellen, dass sich das auch mal ändern könnte. Zehnmal täglich telefonieren. Mit einem Dauerlächeln tanzen wir durch den ganzen Tag. Wir überschütten uns mit Komplimenten und liebevollen Kleinigkeiten. Der andere ist so toll! Die schönste Frau, der netteste Mann auf der ganzen Welt.

Warum ändert sich das bei den meisten Menschen nach ein bis zwei Jahren? Warum ist es oft so, dass sich fast unmerklich die guten Gefühle ins Gegenteil verkehren? Wieso merken wir diese leise Veränderung nicht oder erst, wenn es zu spät ist? Was können wir anders machen?

Ich kenne ein Ehepaar mit zwei erwachsenen Söhnen. Die Ehe ist schon seit vielen Jahren am Ende. Sie hatte einen Freund, er hatte schon mehrere Freundinnen. Miteinander läuft gar nichts mehr – keine Gespräche und kein Sex. Er kauft sich am Kiosk den Playboy und rollt das Cover verschämt auf die Innenseite. Sie streiten sich, bedrohen sich – und sie leben immer noch unter einem Dach. Er hofft immer noch, dass sie wieder zusammenkommen. Sie hat die Kinder betreut und war nicht berufstätig. Jetzt hat sie vor allem Angst vor den finanziellen Folgen einer Trennung. Wo ist die Leichtigkeit? Das sind doch eher zwei Schweinebäuche, schwer am Haken in der Schlachterei hängend – oder? Wer will denn da hängen und warten, bis er oder sie ganz zu Schnitzel, Kotelett und Hackfleisch verarbeitet wird?

Der Schmetterling hat sein Leben begonnen als Ei, aus dem dann die Raupe schlüpft. 21 Tage lebt die Raupe, häutet und verpuppt sich. Als Puppe lebt er weitere 21 Tage in aller Seelenruhe. Dann kommt der große Tag: Innerhalb von wenigen Minuten öffnet sich die Schale und ein wundervoller Schmetterling kommt heraus. Wir hatten gestern das große Glück, das zu erleben. Eine fingernagelgroße schwarze Puppe öffnete sich, der Schmetterling schob seine Flügel heraus und entfaltete sich. Er reckte und streckte sich und begann schon kurz nach dem Schlüpfen durch die Luft zu flattern. Oh wie schön! Und wir durften das erleben.

Doch jetzt kommt es: Eine Biologin erklärte uns, dass dieser Schmetterling nur 14 Tage leben wird. Er kommt auf die Welt, um in dieser Zeit neue Eier zu legen und dann bald wieder zu sterben. Der Kreislauf beginnt von Neuem. Es gibt sogar Schmetterlinge, die keinen Saugrüssel haben – sie können keine Nahrung zu sich nehmen. Ihre einzige Aufgabe ist es, Eier zu legen, damit wieder neue Schmetterlinge entstehen. Mit offenem Mund und – wie ich gestehen muss – etwas schockiert und traurig habe ich mir das angehört. Nur 14 Tage? Wie schade.

Ist dieser Ablauf vielleicht das Geheimnis? Geht es gar nicht darum, immer und in jedem Moment die Schmetterlinge im Bauch zu fühlen? Und frustriert als hängender Schweinebauch zu enden, wenn es nicht so ist? Ist das Geheimnis die ständige Veränderung – vom Ei zur Raupe, zur Puppe und zum Schmetterling?

Ja. Ich glaube daran, dass sich das Wachsen, das Ruhen, das Auf-sich-Besinnen lohnt, um die große Freude der eigenen wundervollen Entwicklung zu erleben, immer wieder im Kreislauf der stetigen Veränderung im Leben. Je mehr von uns sich selbst entfalten, umso schöner wird es in unserem Garten voller bunter Schmetterlinge, einer schöner als der andere, tausende von unterschiedlichen Schmetterlingen, die sich auf einer wunderbaren Blumenwiese niederlassen, wie damals in meiner Kindheit.

Welche Pracht, so unfassbar schön

Danksagungen

Ein echtes Buch braucht echte Danksagungen, sonst wäre es ja nicht da. Als allererstes möchte ich mich bei meinem ehemaligen Mann bedanken. Ohne ihn hätte es keine Trennung gegeben und ich würde vielleicht immer noch in meinem öden Hamsterrad vor mich hinlaufen. Stattdessen hatte ich die Inspiration ein Buch über Trennungen zu schreiben. Ich hoffe, dass die Geschichten über Barbara vielen Lesern ein Lächeln aufs Gesicht zaubern und Mut machen einfach mal was anders zu machen als bisher. Das geht übrigens auch ohne Trennung vom Partner. Es reicht vollkommen sich von alten einschränkenden Glaubensmustern zu trennen.

Dank gilt vor allem meinen Kindern, die schon während des Blog-Schreibens Vermutungen von Mitschülern aushalten mussten, dass es bei uns so gewesen wäre... was es ja nicht war. „Das ist eine Geschichte", habe ich immer gesagt. „Oder meint ihr, dass es bei Astrid Lindgren zu Hause zuging wie bei Michel aus Lönneberga oder bei Pippi."

Ganz besonderer Dank gilt all den vielen Menschen, die mich während und nach meiner Trennung begleitet und unterstützt haben: Meine Eltern und Brüder, Äinschi, Jürgen, John, Nina, Ulla, Heike, Margit, Bettina, Anneli, Magdalena, Silvi, Michael, Wiebke, Marc und noch viele mehr.

Ich bedanke mich bei Katharina Frier-Obad und ihrem Mann Christian. Ich dachte ja früher, dass ich nicht - schon gar kein Buch - schreiben könnte. Christian hat mir bei der Entscheidung zur Senf-Idee geholfen. Katharina war und ist mein Schreibcoach. Sie hat mir immer Mut gemacht weiterzumachen und mich dabei unterstützt, dass aus meinem Blog tatsächlich ein Buch geworden ist.

Außerdem danke ich all meinen Bloglesern. Jede einzelne tolle Rückmeldungen hat mich beflügelt weiterzumachen.